《国学经典藏书》丛书编委会

顾 问

　　许嘉璐

主 编

　　陈 虎

编委会成员

国学经典藏书

古诗十九首

付振华　译注

🌀吉林大学出版社

长　春

图书在版编目（ＣＩＰ）数据

古诗十九首 / 付振华译注 . — 长春：吉林大学出版社，2021.6
（国学经典藏书）
ISBN 978-7-5692-8554-3

Ⅰ . ①古… Ⅱ . ①付… Ⅲ . ①古典诗歌 – 诗集 – 中国
Ⅳ . ① I222

中国版本图书馆 CIP 数据核字（2021）第 142560 号

国学经典藏书：古诗十九首
GUOXUE JINGDIAN CANGSHU: GUSHI SHIJIU SHOU

作　　者：付振华 译注
策划编辑：魏丹丹
责任编辑：赵　莹
责任校对：周　鑫
装帧设计：蒋宏工作室
开　　本：880mm × 1230mm　1/32
字　　数：82 千字
印　　张：4
版　　次：2021 年 6 月第 1 版
印　　次：2023 年 11 月第 3 次印刷

出版发行：吉林大学出版社
地　　址：长春市人民大街 4059 号（130021）
　　　　　0431-89580028/29/21
　　　　　http://www.jlup.com.cn
　　　　　E-mail:jdcbs@jlu.edu.cn
印　　刷：河北松源印刷有限公司

ISBN 978-7-5692-8554-3　　　　　定价：32.00 元

编者的话

　　经典是人类知识体系的根基,是人类的精神家园,是我们走向未来的起点。莎士比亚说过:"生活里没有书籍,就好像没有阳光;智慧里没有书籍,就好像鸟儿没有翅膀。"21世纪中国国民的阅读生活中最迫切的事情是什么? 我们的回答是阅读经典!

　　中国有数千年一脉相传、光辉灿烂的文化,并长期处于世界文化发展的前列,尤其是在近代以前,曾长期引领亚洲乃至世界文化的发展方向。长期超稳定的社会发展形态和以小农生产为基础的、悠闲的宗法农业社会,塑造了中华民族注重实际、过分地偏重经验、重视历史的文化心理特征。从殷商时代的"古训是式"(《诗经·大雅·烝民》),到孔子的"述而不作,信而好古"(《论语·述而》),可以清楚地看出这种文化心理不断强化的轨迹。于是,历史就被赋予了神圣的光环,它既是人们获得知识的源泉,也是人们价值标准的出处。它不再是僵死的、过去的东西,而是生动活泼、富有生命力,并对现世仍有巨大指导作用的事实。因而就形成了这样一种固定的文化思维方式,也就是"以铜为鉴,可正衣冠;以古为鉴,可知兴替;以人为鉴,可明得失"(《新唐书·魏徵传》)。中国的文化人世代相承,均从历史中寻求真理,寻求"修身、齐家、治国、平天下"的崇高理想模式。

这种对于历史所怀有的深沉强烈的认同感，正是历史典籍赖以发展、繁荣的文化心理基础。历史上最初给历史典籍的研究和整理工作涂上政治、道德和伦理色彩的是春秋时期的孔子。当时的孔子因感"周室微而礼乐废、《诗》《书》缺"，于是乃删订了《诗》《书》《礼》《乐》《易》《春秋》等"六经"（见《史记·孔子世家》），寄托了自己在政治上"复礼"和道德上"归仁"的最高理想。孔子以后，历史典籍的编撰无不遵循着这一最高原则。所以《隋书·经籍志》总序中就说："夫经籍也者，机神之妙旨，圣哲之能事。所以经天地，纬阴阳，正纲纪，弘道德，显仁足以利物，藏用足以独善……其王者之所以树风声，流显号，美教化，移风俗，何莫由乎斯道？……其教有适，其用无穷，实仁义之陶钧，诚道德之橐籥也。……夫仁义礼智，所以治国也；方技数术，所以治身也。诸子为经籍之鼓吹，文章乃政化之黼黻，皆为治国之具也。"（《隋书·经籍志一》）由此可见，历史典籍的编撰整理工作，已不仅仅是文化技术问题，更重要的是它还负有"正纲纪，弘道德"的政治和道德使命。于是，在两千多年的历史发展过程中，先人们为我们留下了汗牛充栋的文化典籍。这些宝贵的精神财富，不仅是我们中华民族的骄傲，也是全人类的骄傲，并已成为世界文化宝藏的重要组成部分。

中国的先哲们一向对古代典籍充满崇敬之情，他们认为，先王之道、历史经验、人伦道德以及治国安邦之术、读书治学之法等等，都蕴藏于典籍之中。文献典籍是先王之道、历史经验、人伦道德等赖以传递后世的重要手段。离开书籍，后人将无法从前朝吸取历史经验，无法传承先王之道。在日新月异的当代，如何对待这份优秀的文化遗产？毛泽东同志早就指出："中国的长期封建社会中，创造了灿烂的古代文化。清理古代文化的发展过程,剔除其封建性的糟粕,吸取其民主性的精华,是发展民族新文化、提高民族自信心的必要条件。……中国现时的新文化也是从古代的旧文化发展而来,因此,我们必须尊重自己的历史,决不能割断历史。但是,这种尊重是给历史以一定的科学地位,是尊重历史的辩证法的发展,而不是颂古非今。"(毛泽东《新民主主义论》)古代典籍,不仅对中华民族的形成与发展历史地发挥了巨大的凝聚力作用,而且在当今中华民族伟大复兴中,依然会发挥无可替代的重要作用。

在科学技术迅猛发展的当代社会,人们的生活、观念正在发生着巨大而深刻的变革,面对蓬勃发展的现代科技和汹涌而至的各种思潮,人们依然能深切地感受到中国传统文化无所不在的巨大力量。人们渴望了解这种无形的力量源泉,于是绚丽多姿的中华典籍就成了人们首要的选择。它能够使我们在精神上成为坚强、忠诚和有理智的人,成为能够真正爱人类、尊重人类劳动、衷心地欣赏人类的伟大劳动所产生的美好果实的人。所以,在今天,我们要阅读经典;当数字化、网络化带来的"信息爆炸"占领人们的头脑、占用人们的时间时,我们要阅读经典;当中华民族迈向和平崛起和民族复兴的伟大征程时,我们更要阅读经典。因此,读经典,这个我们习以为常的平凡过程,实际上就成了人的心灵和上下古今一切民族的伟大智慧相结合的过程。但由于时代的变迁,这些经典对现代人来说已是谜一样的存在。为继承这份优秀的文化遗产,帮助人们更好地利用这些经典,在全国学术界诸多专家学者的支持下,我们策划了这套"国学经典藏书"丛书。

丛书以弘扬传统、推陈出新、汇聚英华为宗旨,以具有中等以上文化程度的广大读者为对象,从我国古代经、史、子、集四部典籍中精选 50 种，以全注全译或节选的形式结集出版。在书目的选择上，重点选取我国古代哲学、历史、地理、文学、科技、教育、生活等领域历经岁月洗礼、汇聚人类最重要的精神创造和知识积累的不朽之作。既注重选取历史上脍炙人口、深入人心的经典名著，又注重其适应现代社会的人文价值趋向。丛书不仅精校原文，而且从前言、题解，到注释、译文，均在吸收历代学者研究成果的基础上精心编撰。在注重学术性标准的基础上，尽量做到通俗易懂。我们相信，本丛书的出版，对提高人们的古代典籍认知水平，阅读和利用中华传统经典，传播中华优秀文化，提高人们的民族自信心和文化自豪感，进而为中华民族伟大复兴做贡献，均将起到应有的作用。高尔基说："书籍是人类进步的阶梯。""要热爱读书，它会使你的生活轻松，它会友爱地帮助你了解纷繁复杂的思想、感情和事件；它会教导你尊重别人和你自己；它以热爱世界、热爱人类的情感，来鼓舞智慧和心灵。""当书本给我讲到闻所未闻、见所未见的人物、感情、思想和态度时，似乎是每一本书都在我面前打开一扇窗户，并让我看到一个不可思议的新世界。""每一本书是一级小阶梯，我每爬一级，就……更接近美好生活的观念，更热爱这书"（《高尔基论青年》，中国青年出版社 1956 年版）。流传千年的文化经典，让我们受益匪浅，使我们懂得更多。正如德国著名作家歌德所说："读一本好书，就是和一位品德高尚的人谈话。"的确，读一本好书，就像是结交了一位良师益友。我们真诚希望，这套经典丛书能够真正进入您的生活，成为人人应读、必读和常读的名著。

陈　虎

庚子岁孟秋

前　言

　　要问中国文学史上最著名的组诗，那一定非《古诗十九首》莫属。屈原的《九歌》、陶渊明的《饮酒》、王维的《辋川集》、李白的《古风》、杜甫的《秋兴八首》，哪一组不是鼎鼎大名？然而和《古诗十九首》比较起来，总觉得这些组诗好像只是一位文学大师的眉眼，而《古诗十九首》则更像是一个独立完整的生命。

　　这样重要的一组诗，身世却扑朔迷离，时代、作者一概都不清楚。我们只能从这组诗的流传说起。这组诗的完整面貌最早在南朝梁代萧统等编的《文选》中出现，列入卷二十九的"杂诗"类，是萧统等编者将这些诗编在一起，并题写了"古诗十九首"这样一个似乎不负责任的组诗名。

　　在萧统以前，这组诗中的个别篇章就已在社会上流传，证据是《文选》卷三十"杂拟"类收录的西晋诗人陆机的《拟古诗十二首》，其中九首拟作与《古诗十九首》重合：其一《拟行行重行行》、其二《拟今日良宴会》、其三《拟迢迢牵牛星》、其四《拟涉江采芙蓉》、其五《拟青青河畔草》、其六《拟明月何皎皎》、其十《拟西北有高楼》、其十一《拟庭中有奇树》、其十二《拟明月皎夜光》。这说明至迟在陆机所生活的西晋时代，《古诗十九首》中的一些篇章已经在流传，而且受到了主流文人的关注和推崇，否则不会有拟作出现。考虑到六朝文集多散逸的情况和《文选》的选本性质，很可能陆机拟九首之外的十首古诗也早就在社会上出现，只是没有拟作流传下来罢了。但"古诗十九首"的名目在这时似乎还没有确立。

萧统以后不久，南朝梁代徐陵在编《玉台新咏》（此书编于梁代，但后人常称徐陵为陈代人）时，又将《文选》所收《古诗十九首》中的十二首诗收入。此书卷一无署名的《古诗八首》收入了《古诗十九首》中的四首：《凛凛岁云暮》《冉冉孤生竹》《孟冬寒气至》《客从远方来》。此书卷一署名枚乘的《杂诗九首》又收入了《古诗十九首》中的八首：《西北有高楼》《东城高且长》《行行重行行》《涉江采芙蓉》《青青河畔草》《庭中有奇树》《迢迢牵牛星》《明月何皎皎》。这说明到南朝时代，这些"古诗"是以不同的分组和署名方式在流传，而因为《文选》在集部书中的崇高地位，后世则概称"古诗十九首"。

在以上流传情况的基础上，我们再来梳理关于这组诗的时代和作者的种种分歧。最初西晋陆机（261—303）拟作仅称"拟古诗"，则西晋时代已经不知道这些诗作于何时，作者是谁。到南朝齐代刘勰（465？—521？）著《文心雕龙》（此书作于齐代，但后人常称刘勰为梁代人），其《明诗》篇笼统地谈论"古诗"："或称枚叔（枚乘，？—前140？），其《孤竹》一篇，则傅毅（？—90）之词。比采而推，两汉之作也。"终于有了两个可能的作者。但西汉枚乘并不肯定，只是援引"或称"；东汉傅毅比较肯定，却只有《冉冉孤生竹》一篇。至于时代，则泛称两汉，而并未指明西汉还是东汉。几乎同时，南朝梁代钟嵘（468？—518？）著《诗品》，其上品之序称："古诗眇邈，人世难详。推其文体，固是炎汉之制，非衰周之倡也。"也推测是汉代的作品。其书上品"古诗"条又说："旧疑是建安中曹、王所制。"增加了两个可疑的作者曹植、王粲，但马上又说"人代冥灭"，结合序中的"人世难详"，则在钟嵘看来，作者还是完全无法确定。稍后，萧统（501—531）等编《文选》题作"古诗"，态度谨慎，并未取当时流行的说法，没有指出作者；又将这组诗列于李陵之前，似乎认为是西汉之作。再稍后，徐陵（507—583）编《玉台新咏》将其中四首收入《古诗八首》，列于第一卷卷首，在《古乐府》和枚乘《杂诗》之前，显然也视为西汉无名氏之作；又将其中八首归于枚乘，则是将《文心雕龙》不能肯定的作者坐实了。

至此，可疑的作者提出了四位：枚乘、傅毅、曹植、王粲。但只有《文心雕龙》肯定《冉冉孤生竹》一篇是傅毅所作（此篇《玉台新咏》收录则不署作者，仅称"古诗"），《玉台新咏》肯定八篇是枚乘所作。而从枚乘时代到陆机时代，已经有四百多年；从陆机拟作到刘勰著书、徐陵编集，时代又过了两百多年。若八首诗的作者是西汉枚乘，则西晋陆机已经不能知道的时代和作者，南朝刘勰与徐陵又何从知道呢？若《冉冉孤生竹》的作者如刘勰所说是傅毅，为何比刘勰还晚一些的徐陵将其收录而又不署名呢？可见，刘勰与徐陵对作者的认定是十分可疑的。而关于曹植和王粲的著作权，曹旭先生找到了一条很好的材料：曹丕《与吴质书》曰:"古人思秉烛夜游,良有以也。"这显然是引用了第十五首《生年不满百》中的"昼短苦夜长,何不秉烛游"两句,而曹丕称作者为古人,则此诗绝非曹植、王粲所作。(曹旭《古诗十九首与乐府诗选评》2019 年版前言)其余诸作,因其题材风格相似,大体可以类推。

到了唐代,李善为《文选》作注,对有关时代和作者问题的记述做出了总结和纠正:"并云古诗,盖不知作者,或云枚乘,疑不能明也。诗云:驱车上东门(按:上东门为东汉首都洛阳的城门)。又云:游戏宛与洛。此则辞兼东都(按:东都即东汉首都),非尽是乘明矣。昭明以失其姓氏,故编在李陵之上。"这段文字指出了两点:一,作者不能确定。二,不只是西汉之作,还有东汉之作。又《明月皎夜光》一篇李善注:"上云促织,下云秋蝉,明是汉之孟冬,非夏之孟冬矣。《汉书》曰:高祖十月至灞上,故以十月为岁首。汉之孟冬,今之七月矣。"意即此诗用汉初历法。黄侃《诗品讲疏》据善注将此诗作年上推到西汉之初,汉武帝太初改历以前。但俞平伯《古诗明月皎夜光辨》和金克木《古诗"玉衡指孟冬"试解》都质疑了李善注及由李善注引申出的结论。

关于这组诗的时代和作者,比较原始的记载大概就是以上这些。李善注是基本可信的。综合各种材料来看,这组诗不排除有个别西汉之作的可能,而绝大多数应为东汉之作;作者是枚乘等人的可能性极小,而应该是众多的东汉无名文人。

之所以认定东汉之作居多,除了李善列出的理由之外,还因为组诗中常常表现出一种悲凉的末世气息,而这种气息一般认为只能出现在政治黑暗、社会动荡的汉桓帝与汉灵帝之世。当时在首都洛阳有大量的"太学游士"(《后汉书·党锢传序》),此外可能还有许多游宦士人,在两次"党锢之祸"的淫威下,他们丧失了传统的入仕为官的机会,人生信仰发生动摇,个体生命意识开始觉醒,于是痛感人生短暂,不再执着于家国天下,转而在爱情和美酒中寻找寄托。大概主要就是这些彷徨歧路的汉末士人创作了《古诗十九首》。

《古诗十九首》属于一种特别的诗体:古诗。望文生义,古诗就是古代留下来的诗。进一步说,这些古诗没有留下作者的名字,而从遣词造句的修养上看,作者应该是文人,作品可认定产生于汉代,所以又可将其概括为"汉代无主名文人诗"。这种古诗在两汉时代原有多少篇已不可考,就《汉书·艺文志》所著录西汉歌诗二十八家三百一十四篇(实为三百一十六篇)来看,即使处在汉大赋与乐府诗、四言诗的夹缝中,两汉时代也应该产生过较多文人诗篇,可惜多已散逸。据钟嵘《诗品·上品》"古诗"条,到南朝齐梁时代还在流传的失去作者的古诗,有"陆机所拟十四首(按:《文选》收十二首)",还有"其外《去者日以疏》四十五首",合计五十九首。稍后的萧统大概就是从这五十九首中选出了《古诗十九首》。

这些无主名文人诗和乐府诗有时很难分辨。比如《上山采蘼芜》《十五从军征》《孔雀东南飞》等几篇,收在《文选》《玉台新咏》《乐府诗集》等不同的总集中,就时而称为古诗,时而称为乐府。一般来说,古诗是不能唱的"徒诗",乐府是入乐演唱的"歌诗",似乎泾渭分明。而其实,古诗和乐府本来并无严格的区别,在流传中失去了曲调的乐府,也就变成了古诗。古诗如后来被采录入乐,也还可以称为乐府。《古诗十九首》中的《冉冉孤生竹》《驱车上东门》两篇后来就被收入了《乐府诗集》。朱自清先生也曾说:"十九首原没有脱离乐府的体裁。"(《古诗十九首释》第二首)只是就现存的古诗和乐府来看,在入乐与否之外,乐府和古诗仍可以略作区分。用明代钟惺《古诗归》里的话说:"乐府能著奇想,著奥辞,而古诗以雍穆平远为贵。乐府之妙,在能使人惊;古诗之妙,在能使人思。"说得再具体一点:乐府篇幅或较大,古诗篇幅则较小;乐府多杂言,古诗多整齐的五言;乐府多叙事,古诗多抒情;乐府多有奇思妙想,古诗风格相对平实;乐府不用典,古诗则偶尔用典;乐府文辞多散缓,古诗则多有锤炼之迹;乐府作者身份不明,古诗一般是文人所作,而两者都可能经过多人的润色加工。这只是一个极为粗略的区分,用以描述《古诗十九首》的诗体特征大体够用罢了。对此,还是马茂元先生《古诗十九首探索·前言》总结得最为精炼:这一组古诗是"汉代无名文人创作的抒情短诗"。

关于《古诗十九首》的主题,古人往往从经学的立场出发,"断章取义,让'比兴'的信念支配一切"(朱自清《古诗十九首释·序》),不惜费尽周折,力图阐明其微言大义,发掘游子思妇两地相思背后的政治寄托。《文选》李善注和五臣注开其端于前,刘履《选诗补注》扬其波于后,多家注解不厌其烦地征引《毛诗》，并以汉儒解《诗》的方式，将这组诗的主题论定为"贤者不得志于君"。直到张玉谷《古诗赏析》和方东树《昭昧詹言》，才大体恢复了这组诗的本来面目。当然这种阐释方式也受到《楚辞》尤其是《离骚》的艺术传统的直接影响，所谓"以夫妇喻君臣"，一见诗中哀怨的"弃妇"，马上就无比敏锐地联想到"信而见疑，忠而被谤"的"逐臣"。但不同的是，《楚辞》的比兴象征是显然可见的，《古诗十九首》的寄托则隐约难求。考虑到这组诗成于众手的特殊情况，隐喻寄托的可能性难以完全否决。只是如以文本为根据，则还是应该老老实实地承认，这组诗基本没有什么言外之意，亦如朱熹论《诗》，不过是"男女相与咏歌之辞"而已。

在游子思妇两地相思的框架下，《古诗十九首》反复抒发人生短暂与情爱难久的慨叹，及由人生短暂所激发的积极的对功名富贵的渴望，与消极的对及时行乐的追求，而这一切莫不浸透着人生失意之悲。人生失意，大概就是《古诗十九首》这组成于众手而编于一书的组诗的主题。落实到每首诗上，人生失意的主题又分化出了"爱情"与"生命"两个副主题，两个副主题交错展开，又互相加深。为说得清楚些，下文准备对其内部结构加以简要的分析。

第一首《行行重行行》写天南海北，生离死别，为相思离别主题开篇，较为凝重。《青青河畔草》以青春思妇继之，笔调由晦暗转向明朗。——这两首诗奠定了"爱情主题"一浓一淡两种基调，也暗含着时光流逝、青春不再的生命意味。《青青陵上柏》的发端起兴与《青青河畔草》相似，是以类相从，且从思妇转向游子，点出洛阳。《今日良宴会》与《青青陵上柏》同写欢宴，以见生命短暂。——这两首是主题的变奏，由爱情主题正式转向"生命主题"。《西北有高楼》回到游子思妇主题，写西北游子眼中的思妇，此思妇可能是游子在洛阳所结识。《涉江采芙蓉》又转向江南思妇。《明月皎夜光》在爱情难以圆满的主题中分出友情不坚的主题，更见人生失意。《冉冉孤生竹》转回写思妇的新婚离别之悲。《庭中有奇树》写在两地相思的苦况中折花欲赠远人，诗境与《涉江采芙蓉》相似，但中间隔了两篇，使人不觉重复。《迢迢牵牛星》在人间男女相思的基础上宕开，写天上牛郎织女的相思离别之苦，诗思至此已极，接下来又转向游子。——以上六首集中写游子思妇两地相思，是"爱情主题"的展开。《回车驾言迈》写游子在春天感到人生短暂。《东城高且长》写游子在秋天感到人生短暂。《驱车上东门》写游子在北邙山见到触目惊心的死亡景象，生命色彩愈加浓重。《去者日以疏》写游子痛感死亡惨烈，转而思念故乡。《生年不满百》写人生短暂，仙人难期，当及时行乐。——以上五首集中于人生短暂，是"生命主题"的展开。《凛凛岁云暮》写思妇梦见游子，尚语含悲凉。《孟冬寒气至》写思妇得到游子的书信，已略显明朗。《客从远方来》写思妇得到游子的礼物，难掩心中的甜蜜。至此人生渐趋圆满，游子思妇的主题即将落幕。最后一首《明月何皎皎》写游子也在想念家乡，回应了前三篇思妇的期待，并照应开篇。——以上四首为"爱情主题"做出总结，并暗含着对生命的抚慰。

马茂元先生认为："无论是《文选》或《玉台新咏》所排列的次序，都很难从其中找出一条线索，可能是随意编排的。"(《古诗十九首探索·前言》)据以上分析，似乎不然。这些同时流传的无名氏作者的散篇，经过萧统等人的精心编排，具有了一种略显整饬而合于自然的结构，和谐统一而富于变化的气韵，形成了一个独立完整的生命体。充满悲剧感的生命意识是这组诗的灵魂，对人生价值的渴求是这组诗的骨骼，游子思妇的愁怀是这组诗的血肉。这组诗之所以能在两汉众多古诗中脱颖而出，并流传千古，绝不是偶然的。

《古诗十九首》的艺术水平历来受到极高的评价。钟嵘《诗品》将陆机所拟的这些古诗列为上品第一，评价为："文温以丽，意悲而远，惊心动魄，可谓几乎一字千金。"这几句评价几乎每一句都是一语中的。《古诗十九首》继承了《诗经》《楚辞》善用比兴的特点，在岁暮天寒或春日明丽之时，在明月夜，在星空下，在路上，在风中，以花木为寄托，由草虫生感兴，抒发相思之苦，失意之悲。语言朴素而又丰润，锤炼少痕迹，用典多自然，胸臆语常委婉说出，或虽直白说出，不免惊世骇俗，而由于精诚所至，情真意切，仍然十分动人。谢榛《四溟诗话》形容其语言风格"若秀才对朋友说家常话"，刘熙载《艺概》描述其感人力量，"读之自觉四顾踌躇，百端交集"，都是很精确的。《古诗十九首》在文与质之间，找到了完美的比例，成为五言诗最早的典范。刘勰《文心雕龙·明诗》评之为"五言之冠冕"。沈德潜《古诗源》评之为"《国风》之遗","汉京诸古诗皆在其下,五言中方员之至"。不过王士禛《带经堂诗话》说《十九首》之妙,如无缝天衣",也还是略显夸张。由于成于众手,不免偶见错杂。如《明月皎夜光》一首"玉衡指孟冬"与"秋蝉鸣树间"的矛盾,用汉初历法来解释总是有些牵强。又如《东城高且长》一首,张凤翼本截取"燕赵多佳人"以下作为另一首,虽然并不妥当,毕竟暴露了上下两截的问题。然而瑕不掩瑜,不论是从思想史上人的觉醒,还是从文学史上诗的自觉的角度看,《古诗十九首》都是光焰万丈,永难磨灭的。直至今日,我们还能从这组诗中瞥见汉时的明月与星空,听见汉时的风声与叹息;而此刻,这明月与星空仿佛就在窗外,这风声与叹息仿佛就在我的心里,怎能不唏嘘感慨!钟嵘曰:"人代冥灭,清音独远,悲夫!"

最后对译注的情况略作交代。《古诗十九首》已有古今注本多种,但在隋树森先生《古诗十九首集释》之后,兼采今注的集注本还未见到。本版就是这方面的一个初步尝试。本版以国家图书馆出版社影印的南宋尤袤刻李善注《文选》为底本,对校了中华书局据四部丛刊影印的《六臣注文选》、人民文学出版社影印的《日本足利学校藏宋刊明州本六臣注文选》、日本京都大学图书馆藏朝鲜活字本六臣注《文选》(电子版)。"题解"主要用来阐明每首诗的题旨。一般先征引古人有影响的看法,并稍加辨析,在此基础上概括出诗的题旨;以下再谈谈诗的抒情脉络和艺术特点等,间引古人评语,有话则长,无话则短。"注释"采用集注的体例,兼顾语辞与典故等方面。因《文选》李善注和五臣注是时代最早也最重要的注释,尽可能全部录入;其他有助于阐明诗意或有代表性的各家注、评则酌情征引,朱自清与马茂元两家引述尤多。遇各家语意重复的情况,则引述较早者。集注后如有必要则加按语,对一些解说分歧或含义丰富的诗句做了一点儿辨析,提出了译注者的看法。异文的校勘也融入注释之中。"译文"力求忠实于原诗。不必译的语辞尽量不译,能不颠倒的语序都不颠倒,能保留的韵脚字都加以保留;希望译成整齐的诗而不是散文,并保留一点儿诗的韵味。

在解题和译注的过程中,主要参考了隋树森先生《古诗十九首集释》(1936,古代资料多仰赖此书)、朱自清先生《古诗十九首释》(1942,仅释前九首)、马茂元先生《古诗十九首探索》(1957;再版名《古诗十九首初探》,1981;引注释称"马茂元注",引说明称"马茂元曰")、余冠英先生《汉魏六朝诗选》(1958)、徐仁甫先生《古诗别解·古诗十九首解》(2014)、曹旭先生《古诗十九首与乐府诗选评》(2002;新版,2019;引注称"曹旭注",引评称"曹旭曰")等著述,精彩见解,俯拾即是,不能全部纳入此书,颇以为憾,谨此致谢、致敬。

另外,还要特别感谢陈虎先生和宋娟教授在译注工作中给予的耐心指导。

付振华
2021 年 1 月

目　录

一　行行重行行

无名氏

〔题解〕

《文选》李善注曰:"浮云之蔽白日,以喻邪佞之毁忠良。"五臣注张铣曰:"此诗意为忠臣遭佞人谗谮,见放逐也。"都认为此诗与屈原诸作相似,是以夫妇喻君臣,被男子抛弃的女子也就是被小人谗毁、被君王放逐的忠臣。朱自清曰:"不过屈原大概是神仙家。他以'求女'比思君,恐怕有他信仰的因缘;他所求的是神女,不是凡人。五言诗从乐府演化而出,乐府里可并没有这种思想。"清人张玉谷《古诗赏析》则直截了当地说:"此思妇之诗。"在全无背景的情况下,仅从文本本身来看,思妇说更加可信。

本篇以守在家中的女子的口吻,抒写对久行不归的男子的思念。汉朝时我国疆域已经非常广阔,这位男子可能因为经商,更可能是求官,去了极远之地,让这位女子有天涯相隔之感。"行行重行行",写步履沉重,"各在天一涯",写互相思念。这都是从女子方面观察,而兼及男子一面,基本是对男子的诉说。然而男子一去就没有音信，道路险阻悠远，女子不可能去和他会面，只能苦苦等待他归来的消息。在长期思念的折磨中，她感到时间过得很慢，又好像很快，一年又走到了尽头，她发现自己瘦了，老了，她开始隐约怀疑男子是不是认识了别的女人。这一段主要是女子的内心独白。只是说这些又有什么用呢？我们还是多保重吧！"思君令人老"，"努力加餐饭"，又回到对男子的诉说。这首诗感情深沉真挚，语言质朴动人，塑造了一位深情而痛苦的思妇形象。但这首诗的作者很可能不是闺中女性，而是一位或一些男性诗人。本篇及后面的思妇诗都是男性诗人模拟女性口吻的代言之作。因此在夫妻分离的痛苦以外，此诗实际上还表现了汉末文人的失意之感，有一种空旷苍凉的意味。此外，在有似乐府诗的质朴风格中，"胡马依北风，越鸟巢南枝"与"浮云蔽白日"的比兴句含义丰富，顿挫有力，显示出文人五言诗的创造性，昭示着一个五七言古近体诗的黄金时代将要到来。

《玉台新咏》收录此诗，题为"杂诗"，列在枚乘名下。后来严羽《沧浪诗话·考证》提出："《古诗十九首》'行行重行行'，《玉台》作两首，自'越鸟巢南枝'以下，别为一首。当以《选》为正。"但今存宋本《玉台新咏》并不作两首，可能是严羽误记。

行行重行行，与君生别离①。

相去万余里，各在天一涯②。

道路阻且长，会面安可知③？

胡马依北风，越鸟巢南枝④。

相去日已远，衣带日已缓⑤。

浮云蔽白日，游子不顾反⑥。

思君令人老，岁月忽已晚⑦。

弃捐勿复道，努力加餐饭⑧。

〔注释〕

①行行：走了又走，步履沉重。重(chóng)：又。张玉谷曰："重行行，言行之不止也。"曹旭注："前行行指空间，后行行指时间。"按："行行重行行"这种句法是乐府本色。《木兰诗》："唧唧复唧唧。" 生别离：活着别离，不是生生地别离。李善注："《楚辞·九歌·少司命》曰:悲莫悲兮生别离。"莫，无过于。马茂元注："生别离是古代流行的成语，犹言永别离。""有别后难以再聚的涵义"，"和《古诗为焦仲卿妻作》中的'生人作死别'用意相近似"。按：生与死相对而言，虽说是生时别离却如同向死者告别，因为别后再难见面，用语极为沉痛。 沈德潜曰："起是俚语，极韵。"朱自清曰："诗中引用《诗经》《楚辞》，可见作者是文人。"按：俚语而能韵，正显示一种文人修养。《古诗十九首》中既有较多与乐府相近的辞句，又大量引用《诗经》《楚辞》，且妙在能融合无间，可视为一种先秦文人诗传统借道汉乐府五言体所实现的复兴。

②相去：相距。天一涯：天的一边。李善注："《广雅》曰:涯，方也。"

四部丛刊六臣本校曰："善作'一天涯'。"宋刊明州六臣本、朝鲜活字六臣本校曰："善本作'一天涯'。"胡克家曰："李陵诗云'各在天一隅'，苏武诗云'各在天一方'，句例相似。恐'一天'误倒。"按:应以"天一涯"为是。苏李诗虽然未必是苏武、李陵所作，但一般认为苏李诗的时代与《古诗十九首》相同，用语习惯也近似。后人不理解"天一涯"，遂妄改为"一天涯"。

　　③道路阻且长:道路险阻而且漫长，还含有上下求索、反复追寻的意思。李善注:"《毛诗·秦风·蒹葭》曰:溯洄从之，道阻且长。"陈祚明曰:"阻则难行，长则难至，是二意，故曰且。"　安可知:怎能知道。李善注:"薛综《西京赋注》曰:安，焉也。"知:一作"期"，期望，指望。亦通。逯钦立《先秦汉魏晋南北朝诗》校曰:"《鸣沙类书残卷》作期。《御览》同。《诗纪》云:一作期。"

　　④胡马:北方的马，以北方少数民族的胡地代指北方。依:《玉台新咏》作"嘶"。二字皆通而意味有别，"依"更显得深情，"嘶"更显得苍凉。越鸟:南方的鸟，以南方百越地区代指南方。　李善注:"《韩诗外传》曰:诗曰'代马依北风，飞鸟栖故巢'，皆不忘本之谓也。"五臣注翰曰:"胡马出于北，越鸟来于南，依望北风，巢宿南枝，皆思旧国。"　纪昀辨析说:"此以一南一北，申足'各在天一涯'意，以起下相去之远，作'依'为是。""胡马二句，有两出处:一出《韩诗外传》，即李善注所引不忘本之意也;一出《吴越春秋》，'胡马依北风而立，越燕望海日而熙'，同类相亲之意也。皆与此诗意别。注家引彼解此，遂至文意窒碍。"按:纪昀指出两个出处，非常可贵，但认为这两句诗仅表明一南一北，相去甚远，不包含思念故乡的意思，则与诗意不合。余冠英注:"暗示物尚有情，何况于人?"就连胡马和越鸟都知道思念故乡，含有游子理应思念我而未必思念我的意思。　这两句诗的意思汉代人常说。除了上引《吴越春秋》，《盐铁论·未通》里也有:"故代马依北风，飞鸟翔故巢，莫不哀其生。"当然用意都有所不同，而且都

没有《古诗十九首》里这两句锤炼得这么精致。

⑤日已远:越走越远,既指时间的延续,又指空间的拓展。徐仁甫曰:"'已'同'以',犹愈益也。" 衣带:古人穿袍服,腰部用衣带约束。日已缓:一天比一天宽松,人因为相思而消瘦。李善注:"古乐府歌曰:离家日趋远,衣带日趋缓。" 这两句后来被柳永《蝶恋花》词化用为:"衣带渐宽终不悔,为伊消得人憔悴。"

⑥浮云:古诗中一般用来比喻小人,本篇指耽搁了游子回家的人或事,暗示游子可能结识了别的女人。白日:古诗中用来比喻男子或君王。游子:远游的人。顾:回头,返回。反:返的古字。 李善注:"浮云之蔽白日,以喻邪佞之毁忠良,故游子之行不顾反也。《文子》曰:日月欲明,浮云盖之。陆贾《新语》曰:邪臣之蔽贤,犹浮云之彰日月。《古杨柳行》曰:谗邪害公正,浮云蔽白日。义与此同也。郑玄《毛诗笺》曰:顾,念也。"五臣注良曰:"白日喻君也,浮云谓谗佞之臣也;言佞臣蔽君之明,使忠臣去而不返也。"马茂元注:"'浮云',是设想他另有新欢,象征彼此间情感的障碍。"并引陆机《为顾彦先赠妇》第二首和刘铄的拟作,证明古人的理解相同。按:李善注与五臣注有强大的经学阐释背景,可以自圆其说,但也只能说诗中或有此意,而难以指实。基于文本,还是解释为男子外遇更为合理。 姜任修曰:"浮云句,亦有日暮途远意。"也是可取的意见。

⑦思君令人老:沈德潜曰:"本《诗经·小雅·小弁》'维忧用老'句。"维,语助词。用,而。马茂元注:"'老',并不是说年龄的老大,而是指心情的忧伤,形体的消瘦。"岁月忽已晚:时间过得很快,忽然之间又到了年末。晚,相当于尽。朱自清曰:"指的是秋冬之际岁月无多的时候。" 五臣注翰曰:"思君谓恋主也。恐岁月已晚,不得效忠于君。"按:此注应是参照屈原《离骚》"恐美人之迟暮"而做出的解释,但屈原之句显然是比兴,这两句诗则未必含有题外之意。

⑧弃捐:把思念放下。张玉谷曰:"不恨己之弃捐。"朱自清曰:"'弃捐'就是'见弃捐',也就是'被弃捐'。"意为我已被你抛弃,语意更重,亦通。勿复道:不要再说了。　努力加餐饭:一定要多吃饭,是叮嘱语,照顾好自己的意思,今日父母对远方儿女还是这样说。汉乐府《饮马长城窟行》:"上言加餐饭,下言长相忆。"餐:《玉台新咏》作"飧(sūn)",意同。五臣注济曰:"勿复道,心不敢望返也。努力加餐饭,自逸之辞。"自逸,自我宽慰。谭元春曰:"人皆以此劝人,此似独以自劝,又高一格一想。"二家都认为"努力加餐饭"是思妇劝慰自己的话。朱自清则曰:"'强饭''加餐'明明是汉代通行的慰勉别人的话语,不当反用来说自己。"按:这句诗兼顾游子和思妇两面,大概是说为了将来还能重聚,我们都要保重。显然,这句话游子是听不见的,只能是思妇的喃喃自语。

〔译文〕

　　夫君你步履多么沉重,我们经历了生死别离。
　　现在距离有千里万里,各在一方,海角天涯。
　　道路艰险又十分遥远,想要见面怎会有日期?
　　北方的马匹来到南方,总朝北风的方向张望。
　　南方的小鸟飞到北方,会筑巢在朝南的树枝。
　　分别越久,离开越远,我的衣带一天天变宽。
　　就像浮云遮蔽了太阳,游子你竟然忘了回返。
　　思念你让我忧心憔悴,青春流逝,岁月已晚。
　　这些话还是不要说了,各自多保重,好好吃饭。

二 青青河畔草

无名氏

〔题解〕

《文选》五臣注张铣曰:"此喻人有盛才,事于暗主,故以妇人事夫之事托言之。"吕延济曰:"今为荡子妇,言今事君好劳人征役也。"将美丽的"倡家女"视为怀才不遇的士人,将远行不归的"荡子"视为被昏庸的君主所驱遣的征夫,未免过于曲折。至于刘履引曾原说认为此诗是"刺轻于仕进而不能守节者",朱筠说是"喻君子处乱世",也都是胶柱鼓瑟之论。张玉谷说:"此见妖冶而儆荡游之诗。"指出此诗并无更深的寄托,是有见地的,然而完全从男权角度立论,以为此诗是要告诫那些远行游子,家中妻子有出轨的危险,就将一首优美的抒情诗,讲成了一篇庸俗的说教辞。姜任修说此诗是"伤委身失其所",意为嫁错了人,较为接近。朱自清曰:"这显然是思妇的诗,主人公便是那'荡子妇'。"只不过这位思妇的身份略为特别而已。马茂元曰:"这首思妇词,用第三人称写的。在《古诗十九首》里,这样写法是唯一的一篇。"

生命短暂而年华易逝,青春美好,常不免于孤单凄凉。诗前六句写得相当平静,一笔一笔勾画窗外景色,美女的仪态、妆容,待七八两句交代女子的身世,就造成了一个抒情的落差,"荡子行不归"略一顿挫,最后一句发出的呼声特别振聋发聩。这是最好的抒情诗,也是绝妙的美人图,唐王昌龄的《闺怨》"闺中少妇不知愁,春日凝妆上翠楼"就从此化出,后来汤显祖的《牡丹亭》虽然情节迥异,而其"惊梦"一出的抒情意境也与此相仿佛。至于似乎格调不高的最后两句,王国维在《人间词话》里评论说:"无视为淫词鄙词者,以其真也。""读之者但觉其亲切动人","精力弥满"。这是对青春生命的正视,是生命深处的呼喊,恰是钟嵘《诗品》所谓"惊心动魄""一字千金"之处。

　　《玉台新咏》收录此诗,题为"杂诗",列在枚乘名下。

青青河畔草，郁郁园中柳①。

盈盈楼上女，皎皎当窗牖②。

娥娥红粉妆，纤纤出素手③。

昔为倡家女，今为荡子妇④。

荡子行不归，空床难独守⑤。

〔注释〕

①河畔：河边。郁郁：李善注："郁郁，茂盛也。"园中柳：余冠英注："汉人有折柳送别的风俗，'园中柳'是容易引起离别的回忆的。" 李因笃曰："起二句意彻全篇，盖闺情惟春独难遣也。"闺情，闺中女子的孤独之情。难遣，难以排遣。方廷珪曰："以物之及时，兴女之及时。"谓草柳正当春天，女子正当盛年。按：开头以明丽的词句写女子伤春，是眼中景，也是起兴。"青青河畔草"是常见的起兴，汉乐府《饮马长城窟行》亦有："青青河畔草，绵绵思远道。"

②盈盈：仪态美好。李善注："《广雅》曰：嬴，容也。盈与嬴同，古字通。"皎皎：皮肤白皙。吴淇曰："皎皎字又以窗之光明、女之丰采并而为一。"当：面对。牖（yǒu）：窗。段玉裁曰："在墙曰牖，在屋曰窗。" 李善注："草生河畔，柳茂园中，以喻美人当窗牖也。"这还是比较平实的解释。而五臣注向曰："盈盈，不得志貌。皎皎，明也。楼上，言居危苦。当窗牖，言潜隐伺明时也。"说是一位不得志的士人隐居以等待圣明的时代，就近于深文周纳了。

③娥娥：娇美。李善注："《方言》曰：秦晋之间，美貌谓之娥。"红粉妆：浓妆。徐锴曰："古傅面亦用米粉。又红染之为红粉。"妆：尤袤刻李善本作"糚"。四部丛刊六臣本作"糚"，校曰："五臣作'装'。"宋刊明州六臣

本、朝鲜活字六臣本作"装"，校曰："善本作'糚'字。"《玉台新咏》作"妆"。妆与糚同，作"装"则不通。此改为通行简化字"妆"。　纤纤：细长。李善注："《韩诗(·魏风·葛屦)》曰：纤纤女手，可以缝裳。薛君曰：纤纤，女手之貌。(按，《毛诗》作'掺掺女手'。)毛苌曰：掺掺，犹纤纤也。"素：洁白。五臣注翰曰："娥娥，美貌。纤纤，细貌。皆喻贤人盛才也。"　沈德潜曰："用叠字，从《诗经·卫风·硕人》'河水洋洋，北流活活'一章化出。"严羽曰："一连六句，皆用叠字，今人必以为句法重复之甚，古诗正不当以此论之也。"按：多用叠字，后世文人诗的禁忌，在这里却成为一种特色。但此诗大密度运用叠字也十分偶然，不可为法。朱自清曰："就是四言、五言，这样许多句连用叠字，也是可一而不可再。""只看古典的四言(按指《硕人》)、五言诗(按，除此诗外，还有《迢迢牵牛星》)中只各见了一例，就是证明。"

　　④昔为：过去是。《初学记》作"自云"，亦通，然"昔为"顿挫有力，"自云"则平淡无奇。倡(chāng)家女：以歌舞娱人的女子。李善注："《史记》曰：赵王迁母，倡也。《说文》曰：倡，乐也。谓作妓者。"马茂元注："可见以倡为职业的在汉代已很普遍。倡家，即所谓乐籍。倡家女，犹言歌妓。但和后世的娼妓意义不同。倡，俗字作娼。"　今：《初学记》作"嫁"，亦通，对比意味有所减弱。荡子：相当于游子。李善注："《列子》曰：有人去乡土游于四方而不归者，世谓之为狂荡之人也。"余冠英注："荡子，在外漫游的人，和游子的意思差不多。后世所谓荡子是浪荡不务正业的人，与此不同。"徐仁甫曰："荡当作宕，宕又为客字之误。曹植《七哀》'言是宕子妻'，《宋书·乐志》及《文选》均作'客子'，曹植《杂诗》'类此游客子'，《艺文》卷八十二作'流宕子'，均可为证。"按：荡字本通，不必改作客。然此亦可备一说。　朱自清曰："这两句诗有两层意思。一是昔既做了倡家女，今又做了荡子妇，真是命不由人。二是做倡家女热闹惯了，做荡子妇

却只有冷清清的,今昔相形,更不禁身世之感。" 五臣注济曰:"昔为倡家女,谓有伎艺未用时也。今为荡子妇,言今事君好劳人征役也。妇人比夫为荡子,言夫从征役也。臣之事君,亦如女之事夫,故比而言之。"按:此说可疑。若要作比,何必将有才德的士人比作时人看不起的倡女?屈原的"美人"与杜甫的"佳人"都显然与此不同。而且一会儿将女子的丈夫视为征人,一会儿又将他比作君主,逻辑也不免混乱。

⑤"荡子"二句:五臣注翰曰:"言君好为征役不止,虽有忠谏,终不见从,难以独守其志。"按:这两句写女子情怀极为显豁,毫无隐约暗示的痕迹,只是难耐孤独,怕要结识别的男子的意思。 曹旭曰:"全诗最末的'守'字,是一篇之诗眼。'难守',是把贞洁和道德,放在与真情的冲突中展示生命的力量。"陆时雍曰:"疏节亮音,浅浅寄言,深深道款。'荡子行不归,空床难独守',一语馨衷说出。"按:在前文的充分铺垫之后,这两句将思妇情怀和盘托出,结得异常有力。 徐仁甫曰:"其词甚俗,其情甚真。昭明以渊明《闲情》白璧微瑕,而于古诗取此者,必有其故。"萧统批评陶渊明《闲情赋》却选录同样是大胆写情的此诗,的确是一个引人深思的问题。

[译文]

河边上一片草色青青,园中茂盛的杨柳飞扬。
谁家楼上的一位女子,皮肤白皙,面对楼窗。
娇艳的面颊施了脂粉,光洁的手指多么修长。
她曾是一位倡家姑娘,如今嫁了薄情的游子。
那游子远行长久不归,她望眼欲穿难守空房。

三　青青陵上柏

无名氏

〔题解〕

　　五臣注张铣曰："此诗叹人生促迫多忧,将追宴乐之理。"是基本符合题旨的。张玉谷曰："此游宛洛以遣兴之诗。"明白通达。陈祚明曰："此失志之士,强用自慰也。"略加引申,亦不为过。刘履曰："然彼之极宴,岂不过于奢靡? 而我之斗酒相厚,殆不失性情之正欤?"就回到经学的立场上,完全不顾文本而加以曲解。至姚鼐则断言："此忧乱之诗。"马茂元又申说姚氏之论曰:此诗"非常概括地勾出了一个处于黑暗统治下、在土崩瓦解的前夕的洛阳的全貌","贯穿了一个动乱社会精神面貌的总的形象,中间交织着客观现实的揭露和批判"。亦是过于偏重社会意义的一面了。

　　此诗以常青的松柏和不磨的岩石起兴,反衬人生的短暂。"远行客"的比喻并不新鲜,然而在"天地间"的旷远背景下,仍令人感到生命的飘忽与苍凉。于是及时行乐,到最繁华的帝都,看宫殿宏伟,看贵人矜持。虽不能像那些贵人一样享尽荣华富贵,我们这些贫贱的人也一样可以纵酒狂欢。不嫌劣马跑得慢,也顾不上酒味稀薄,在极度的欢愉中,哪还有时间想那些不开心的事呢?朱自清曰:"这种诗有点散文化,不能算是含蓄蕴藉之作,可是不失为严羽《沧浪诗话》所谓'沉着痛快'的诗。历来论诗的都只赞叹十九首的'优柔善入,婉而多风'(按,出自沈德潜《唐诗别裁集·凡例》),其实并不尽然。"

青青陵上柏，磊磊硐中石①。

人生天地间，忽如远行客②。

斗酒相娱乐，聊厚不为薄③。

驱车策驽马，游戏宛与洛④。

洛中何郁郁，冠带自相索⑤。

长衢罗夹巷，王侯多第宅⑥。

两宫遥相望，双阙百余尺⑦。

极宴娱心意，戚戚何所迫⑧？

〔注释〕

①陵：《说文解字》："陵，大阜也。"五臣注铣曰："陵，山也。"按：陵兼有山丘和帝王陵墓的意思。洛阳城北有邙山，东汉王侯公卿多葬于此。磊磊：石块堆积。李善注："《楚辞·九歌·山鬼》曰：石磊磊兮葛蔓蔓。《字林》曰：磊磊，众石也。"硐：同涧。《说文解字》："涧，山夹水也。"即山间的流水。　李善注："言长存也。《庄子》：仲尼曰：受命于地，唯松柏独也，在冬夏常青青。"按：这两句意象生冷，不仅兴起人生短暂之感，还含有世态炎凉之意。又，一高一低，这种起兴方式也是常见的。《诗经·郑风·山有扶苏》："山有扶苏，隰有荷华。"刘桢《赠从弟》："亭亭山上松，瑟瑟谷中风。"

②忽：迅速。客：过客。　李善注："言异松石也。《尸子》：老莱子曰：人生于天地之间，寄也。寄者固归。《列子》曰：死人为归人，则生人为行人矣。《韩诗外传》曰：枯鱼衔索，几何不蠹。二亲之寿，忽如过客。"五臣注向曰："柏石皆贞坚之物，人生之促，若客寄于时。其死之速，反如赴归，

信不如柏石二物也。"按:这两句反跌出人生短暂飘忽之意。　陶渊明《杂诗》:"家为逆旅舍,我如当去客。"可能从此化出。

③斗:容积单位,十升为一斗,十斗为一石(dàn)。马茂元注:"斗酒,指少量的酒。《史记·滑稽列传》:一斗亦醉,一石亦醉。"又曰:"斗酒、驽马,就是裘弊金尽的客中落拓之感。"相:互相召请。　聊厚不为薄:姑且认为酒醇,不要嫌酒淡。聊,姑且。李善注:"郑玄《毛诗笺》曰:聊,粗略之辞也。"厚,酒味醇厚。不为,不算。薄,酒味寡淡。　五臣注良曰:"人且以相厚为本,不为轻薄者也。"按:此将厚薄看成是品行,脱离酒字来解释,不可从。　朱自清曰:"'聊厚不为薄'一语似乎也在模仿道家的反语如'大直若屈''大巧若拙'之类,意在说厚薄的分别是无所谓的。但是好像弄巧成拙了,这实在是一个弱句。"

④策:马鞭,用马鞭驾驭。驽(nǔ)马:劣马。李善注:"《广雅》曰:驽,骀(tái)也。谓马迟钝者也。"　游戏:游玩。宛与洛:宛城和洛阳,都在今河南。李善注:"《汉书》:南阳郡有宛县。洛,东都也。"五臣注翰曰:"宛,南阳也。洛,洛阳也。时后汉都此南都也。"　朱自清曰:"宛县是南阳郡治所在,在洛阳之南;南阳是光武帝发祥的地方,又是交通要道,当时有'南都'之称,张衡特为作赋,自然也是繁盛的城市。"则宛称为南都,也是当时较大的城市。马茂元注:"从下文看,诗人并未到宛,宛洛是偏义复词,因洛连类而及宛。"按:下文皆言洛阳而不及宛城,则此宛城仅是洛阳的陪衬。　马茂元又曰:"'洛',应作'雒'。洛和雒本来都是水名,在雍州(现在的陕西一带)者为洛,在豫州(现在河南一带)者为雒。魏黄初元年(220)改雒为洛,此后雒、洛不分。本篇是东汉作品,洛当系雒之误。不过这种错误常见于现存的汉代书籍中。"

⑤郁郁:五臣注向曰:"郁郁,盛貌。"即繁华的意思。冠带:高帽子和宽衣带,本是儒者打扮,此指达官贵人。自相索:自相往来,不和下层交

往。　李善注:"《春秋说题辞》曰:齐俗,冠带以礼相提。贾逵《国语注》曰:索,求也。"五臣注向曰:"言冠带之人自相追求也。"按:这两句诗以艳羡的口吻描写都市繁华,反衬出自家的寒微。

⑥长衢(qú):宽广的街道。罗:排列。夹巷:夹在大街中间的小巷。第宅:权贵的住宅。　李善注:"《魏王奏事》曰:出不由里门,面大道者名曰第。"隋树森注引《汉书·高帝纪》"为列侯者赐大第"注:"孟康曰:有甲乙次第,故曰第。"五臣注铣曰:"衢,四达之道,旁罗列小巷,巷中多王侯之宅。"按:这两句承上,浓墨重彩地刻画王侯的居所。

⑦两宫:洛阳的南宫和北宫。李善注:"蔡质《汉官典职》曰:南宫北宫,相去七里。"双阙(què):宫门两侧的望楼。五臣注济曰:"洛阳有南北两宫。双阙,阙名。"　孙矿(kuàng)曰:"形容洛中富盛处,语不多而苍劲浓至,绝可玩味。"按:此言极是。这两句宕开,写宫殿巍峨壮观,掩饰不住对功名富贵的神往。

⑧极宴:豪奢放纵的宴会。娱心意:心情舒畅。戚戚:愁苦的样子。四部丛刊六臣本校曰:"五臣作'慼慼'。"宋刊明州六臣本、朝鲜活字六臣本作"慼慼",校曰:"善本作'戚戚'字。"二字通。李善注:"《楚辞·九章·悲回风》曰:居戚戚而不可解。"何所迫:有什么逼迫。　五臣注翰曰:"言于此宫阙之间乐其心意,则忧思何所相逼迫哉?"按:这两句拉回,谓即便贫贱,也不妨饮酒作乐,而正当乐时,人生短暂、富贵难求等等就都忘到九霄云外去了。陆时雍曰:"'极宴娱心意,戚戚何所迫',故为排荡,转入无聊之甚。"按:据此,这两句不免还有以纵酒狂欢掩饰内心失落的意味。马茂元注:"上句写那些冠带人物们的生活现象,下句写他们的现实心情。"余冠英注:"以上二句是说那些住在第宅宫阙的人本可以极宴娱心,为什么反倒戚戚忧惧,有什么迫不得已的原因呢?""弦外之音是富贵而可忧不如贫贱之可乐。"按:二家注似皆与诗意不能吻合。徐仁甫曰:"此诗

以帝京壮丽为荣，与梁伯鸾'五噫'异趣。"按：汉末梁鸿作《五噫歌》，讥讽壮丽的帝京是剥削人民所造成，此诗对帝京壮丽则毫无保留地加以赞美，而这正是无名氏古诗的本色。

〔译文〕

　　陵墓上古柏青青，溪涧中岩石磊磊。
　　人生在天地之间，匆忙如远行过客。
　　有酒就聚会痛饮，谁嫌弃酒味稀薄。
　　我驾着劣马上路，游玩到宛城洛阳。
　　洛阳是多么繁华，贵人们自相来往。
　　长街间条条窄巷，到处是王侯府宅。
　　南北宫遥遥相对，那望楼高达百尺。
　　宴会上纵酒狂欢，哪还有愁苦煎迫？

四　今日良宴会

无名氏

〔题解〕

　　五臣注吕向曰："此诗贤人宴会,乐和平之时而志欲仕也。""欲仕"没有错,所谓"乐和平之时"显然误解了时代背景。刘履曰："士之扼于困穷,不苟进取,而安守其节,唯与同志宴集,相为欢乐而已。"认为本诗所表现的是君子固穷的节操。而朱自清则认为："诗中人却并非孔子的信徒,没有安贫乐道、君子固穷等信念,他们的不平不在守道而不得时,只在守贫贱而不得富贵。"姚鼐又说："此似劝实讽,所谓谬悠其词也。"看出了诗人对富贵的热望,而将其解释为一种汉大赋式的劝百讽一的讽喻。只是讽者谓何? 讽这宴会上的人,还是讽这趋利竞逐的时代? 都难以自圆其说。还是张玉谷说得好："此闻豪华之曲而自嘲贫贱之诗。"

　　此诗写一场宴会的情景。宴会上的音乐表演给人以极大的审美享受,而一位长者提出的人生见解更是引起了众人的情感共鸣。人生短暂匆忙,绝不应该敷衍度过,而应追求物质和精神的充分满足。虽然大家都不好明白说出，可是谁的心里没有渴望呢？真应该快马加鞭，占据高位，谋得高官厚禄，否则沉沦到底层，就要一辈子辛苦辗转。最后的两句诗暴露了本诗作者正是这“轗轲长苦辛”的群体中的一员，语含辛酸，字字沉痛。对功名富贵的渴望并不可鄙，孔子和孟子都肯定不违背道义的富贵追求为人之常情，具有正当性，就连诗圣杜甫也说过“富贵应须致身早”这样热衷的话。当然从另一方面看，这种几乎注定无法得到满足的渴望正是对社会动荡黑暗、人生没有出路的生存现状的一种激进反应，这场热闹的华宴映衬出的恰是人生苍凉。

今日良宴会,欢乐难具陈①。

弹筝奋逸响,新声妙入神②。

令德唱高言,识曲听其真③。

齐心同所愿,含意俱未申④。

人生寄一世,奄忽若飚尘⑤。

何不策高足,先据要路津⑥?

无为守穷贱,轗轲长苦辛⑦。

〔注释〕

①良:精彩。具陈:细说。李善注:"毛苌《诗传》曰:良,善也。陈,犹说也。" 按:赋笔直起,毫无造作掩饰,一种对于功名富贵的热望扑面而来。玩其词意,似乎是即席演唱,又像是当晚的回忆。

②奋:有力地发出。五臣注良曰:"奋,起也。"逸响:奔放的乐音。刘履曰:"逸,纵奔之意。" 新声:新的曲调。马茂元注:"可能是从西北邻族传来的胡乐。因为伴奏的乐器是筝,筝是秦声,适用于西北的乐调。"入神:出神入化。李善注:"刘向《雅琴赋》曰:穷音之至,入于神。"

③"令德"二句:这两句造语生硬,比较费解。令德:李善注:"《左氏传》宋昭公曰:光昭先君之令德。"令德即美德,此指有美德的人,可能是席中的长者。五臣注济曰:"令德,谓妙歌者。"妙歌者似当不起令德二字。唱:同"倡",倡导,提出话题,引导谈话。高言:李善注:"《庄子》曰:是以高言不止于众人之口。《广雅》曰:高,上也。谓辞之美者。"高言为高妙的富有见识的话,与令德相应。五臣注济曰:"高言,高歌也。"若只是高歌,似不必称高言。 张玉谷曰:"言人贵令德,古人虽唱此高言,然听豪华之曲,谅无不齐心同愿,但含意俱未伸耳。"按:此则将"令德唱高言"割裂开

来,并增字解经,不可从。余冠英注:"令德,贤者。指作歌辞的人。""高言,高妙之论,指歌辞。"按:若令德是作歌词的人,则"唱"字只能解释为作歌词,难以说通。将令德之高言解释为歌词也较为牵强。 识曲:听曲。真:歌曲中深层的意味,打动人心之处。李善注:"真,犹正也。"五臣注济曰:"识曲,谓知音人听其真妙之声。" 按:这两句的大意是:席间有位长者发表高论,听曲要善于体会其中的深意。"令德"之"高言"可以有两种解释:第一种解释,"高言"指"识曲听其真"一句,长者的高论就是,听曲要善于体会其中的深意。"人生寄一世"以下六句就是这个深意,可能是长者所说,也可能不是。第二种解释,"高言"指"人生寄一世"以下六句,这六句都是长者所说,"识曲听其真"则不是长者的话,而是作者插入的一句话,不论谁听曲都应该体会其中的深意,就像长者所做的那样。

④齐心:心齐,所想一致。同所愿:共同的愿望。俱:都。未申:没有说出。 李善注:"所愿谓富贵也。"五臣注翰曰:"齐心同志,愿得知音。包含此意,俱未见申,谓未达也。"按:联系下文,应以李善注为贴切,五臣注隔了一层。

⑤奄忽:迅速。飚(biāo)尘:大风吹起的尘土。李善注:"《方言》曰:奄,遽也。《尔雅》曰:飘飘谓之猋(按,猋应为猋)。《尔雅》或为此飚。"五臣注铣曰:"奄忽,疾也。风尘之起,终归于灭。" 马茂元注:"用飘尘比喻人生,涵有双重意义:飘风旋起旋止,言其短促;被飘风卷起来的尘土,旋聚旋散,言其空虚。"这两句慨叹人生短暂又难以把握。 陶渊明《杂诗》:"人生无根蒂,飘如陌上尘。"可能是从此化出。

⑥策高足:鞭打快马。策,马鞭。李善注:"高,上也;亦谓逸足也。"据:占据。要路津:重要路口,比喻政治地位。津,渡口。五臣注向曰:"何不者,自勉劝之词也。策,进也。要路津,谓仕宦居要职者。亦如进高足据于要津,则人出入由之。" 沈德潜曰:"据要津乃诡词也。古人感愤,每有此

种。"刘履曰:"设为反辞以寓愤激之情焉。"所谓诡词、反辞,大概都是因愤慨而说的反话。徐仁甫表示赞同:"下文曰'何不策高足,先据要路津',又曰'无为守穷贱,轗轲长苦辛'。则卑之无甚高论,岂令德所唱之高言哉?"朱自清则加以批评:"有人说是'反辞''诡辞',是'讽'是'谴',那是蔽于儒家的成见。"按:这两句不完全是反话,愤世嫉俗的意思或有,但更多应是真实的对功名富贵的渴望。陆时雍评"何不策高足"四句:"正是欲而不得。"

⑦无为:不要。为,语助词。守:忍受。穷贱:贫穷低贱,没有钱也没有地位。　轗轲(kǎnkě):即坎坷。四部丛刊六臣本校曰:"五臣作'坎'。"宋刊明州六臣本、朝鲜活字六臣本作"坎",校曰:"善本作'轗'字。"李善注:"《楚辞·七谏》曰:年既过太半,然辐轲不遇也(按,今本作'年既已过太半兮,然垍轲而留滞')。轗与辐同,苦阖切。轲,苦贺切。"朱自清曰:"《广韵》:'车行不利曰轗轲,故人不得志亦谓之轗轲。''车行不利'是轗轲的本义,'不遇'是引申义。"又曰:"从尘想到车,从车说到'轗轲',似乎是一串儿,并非偶然。"意为从路上的尘土(飚尘)说到路上的车马(高足、路津),又说到道路难行(轗轲),这是有内在关联的。　刘光贲曰:"此诗意近《战国策》苏秦传末语意,有艳富贵势利之心,然末世人情的系如此。"按:最后两句又折回到现实处境,感慨系之矣!

〔译文〕

今天的宴会真是精彩,快乐和兴奋难以铺陈。
秦筝弹奏得多么奔放,新曲演绎得入化出神。
可敬的长者高谈阔论,知音要聆听其中真意。
感慨一致渴望也相同,含在胸中都没能申明。
人生短暂地寄托世上,忽然逝去如狂风微尘。
为何不鞭打那匹快马,抢先占据了重要路津?
不要忍受着贫贱度日,一生坎坷而饱尝苦辛。

五　西北有高楼

无名氏

〔题解〕

　　李善注："此篇明高才之人,仕宦未达,知人者稀也。"即使不一定是仕宦未达,还是平正通达,较为可信。沈德潜曰:"'但伤知音稀',与'识曲听其真'同意。"姚鼐曰:"此伤知己之难遇,思远引而去。"理解都是接近的。至五臣注李周翰曰:"此诗喻君暗而贤臣之言不用也。"张玉谷曰:"此忠言不用而思远引之诗。"则又脱离文本,妄生了一个"贤言""忠言",将诗意引向政治一面。刘履根据《玉台新咏》,进一步比附到枚乘的身世上:"《玉台集》以此篇为枚乘作,岂乘为吴王郎中时,以王谋逆,上书极谏不纳,遂去之梁,故托此以寓己志云尔。"因为各家将首句"西北有高楼"的"西北"理解为"乾位"(象征君主),所以才有这样一系列的曲解。

　　此诗表现知音难遇的孤独。诗人虚拟了一座缥缈的远方高楼,楼上有一位心怀苦痛的歌者。歌者的心情通过曲调,随风飘进了诗人的耳朵和心灵,引起了一种惺惺相惜之感。诗人想和她比翼齐飞，互诉衷肠，安慰彼此的孤独寂寞。实际上，这歌者也就是诗人自己心情的映象，说诗人是在汉末的黑暗年代里仕宦失意也好，说诗人只是在茫茫人海中找不到情感寄托也好，总之都有点"知我者谓我心忧，不知我者谓我何求"的意思。马茂元评此诗说："诗中弦歌声和弦歌人始终处于若隐若现之间；诗人的思想情感似乎不可捉摸，但却是那样的深刻而真挚。"陆时雍评此诗说："空中送情，知向谁是？言之令人悱恻。"后来曹植的《七哀诗》(明月照高楼)和白居易的《琵琶行》都是受了这首诗的启发而写出来的。现代诗人冯至《蚕马》中的名句"只要你听着我的歌声落了泪，就不必打开窗门问我你是谁"，也很像是这首诗在千年后的一个回响。

《玉台新咏》收录此诗，题为"杂诗"，列在枚乘名下。

西北有高楼，上与浮云齐①。

交疏结绮窗，阿阁三重阶②。

上有弦歌声，音响一何悲③！

谁能为此曲？无乃杞梁妻④？

清商随风发，中曲正徘徊⑤。

一弹再三叹，慷慨有余哀⑥。

不惜歌者苦，但伤知音稀⑦。

愿为双鸣鹤，奋翅起高飞⑧。

〔注释〕

①西北：李善注："西北，乾位，君之居也。"五臣注翰曰："西北，乾地，君位也。"都是从《周易》八卦的角度解释诗意。按："西北有高楼"很可能来自中国古人的地理观念。《淮南子》记共工触山之后，"天倾西北，地不满东南"，是古人认为东南地低，西北地高，所以望高楼很自然就朝向西北。又因为"日出东南隅"，则西北方天然地有一种悲凉的气息。　高楼：所指不明，应出于虚拟。杨衒之《洛阳伽蓝记》认为即高阳王雍之楼，《四库全书总目》评之为"则未免固于说诗"，所评极是。上：也是高的意思。徐仁甫曰："《广雅》：'高，上也。''上与浮云齐'，谓西北有高楼，其高与浮云齐也。"　五臣注翰曰："高楼，言居高位。浮云齐，言高也。"前言过当。

②交疏：交错镂刻的窗格。疏，刻。结：呈现。绮窗：窗的美称。绮，丝织品。　李善注："薛综《西京赋注》曰：疏，刻穿之也。《说文》曰：绮，文缯也。此刻镂以象之。"五臣注良曰："交通而结镂文绮以为窗也。疏，通

也。"朱自清曰:"'交疏'是花格子,'结绮'是格子连结着像丝织品的花纹似的。"皆谓在窗户上刻镂出如丝织品的花纹。张玉谷曰:"交疏,亦曰罘罳(fúsī),檐前铁网,以御鸟雀者。"马茂元注:"结,张挂。结绮,是说张挂着绮制的帘幕。"又进一步落实为铁网或帘幕。按:以上解释都将此句断为:交疏|结绮|窗,实际上此句还可以断为:交疏|结|绮窗,意为交疏结于绮窗之上。王维《杂诗》有:"来日绮窗前,寒梅著花未?" 阿(ē)阁:四周有檐的阁楼。五臣注良曰:"阿阁,重阁也。"李善注:"《尚书中候》曰:昔黄帝轩辕,凤凰巢阿阁。《周书》曰:明堂咸有四阿。然则阁有四阿,谓之阿阁。郑玄《周礼注》曰:四阿若今四注者也。"三重阶:多重台阶。李善注:"薛综《西京赋注》曰:殿前三阶也。"按:这两句极言楼阁之富丽。

③弦歌:弹琴唱歌。李善注:"《论语》曰:子游为武城宰,闻弦歌之声。"马茂元注:"弦歌,就是后来所说的弹唱。"按:《论语》弦歌含有以礼乐治国的意思,此弦歌则仅就音乐本身而论。 声、音响:朱自清曰:"《乐记》里说'声成文谓之音',而响为应声也是古义,那么,分析的说起来,'声'和'音响'还是不同的。"即笼统地说,声和音响没有区别,但是如要细致区分,则声为有旋律的乐音,而音响只是回响。一何:多么。李善注:"《说苑》应侯曰:今日之琴,一何悲也。" 五臣注铣曰:"言楼上有弦歌亡国之音,一何悲也。谓不用贤,近不肖,而国将危亡,故悲之也。"按:求之过深,不符合杞梁妻的身份。

④为:弹奏。无乃:莫非是。杞(qǐ)梁妻:据《左传·襄公二十三年》及刘向《列女传》等,齐国大夫杞梁战死在莒(jǔ)国城下,他的妻子伏尸痛哭,将莒国的城墙哭塌。《琴曲》中有《杞梁妻叹》。李善注:"《琴操》曰:《杞梁妻叹》者,齐邑杞梁殖之妻所作也。殖死,妻叹曰:上则无父,中则无夫,下则无子,将何以立吾节?亦死而已!援琴而鼓之,曲终,遂自投淄水而死。"按:诗人非不知杞梁妻已死,所谓"无乃杞梁妻"者,意为如杞梁妻

一般的心怀悲痛的人，这里有一层历史的交叠，意味更见丰富。如将"为"解为制曲而非弹奏，即弹奏者只是弹奏着杞梁妻所制之曲，就无此问题，但抒情达意也就隔了一层。　五臣注济曰："既不用直臣之谏，谁能为此曲，贤臣乃如杞梁妻之恍叹矣。"按：据以上记载，杞梁妻并非弃妇，难比逐臣，她虽为夫而死，似乎是一个忠臣，但她并未向丈夫或齐君进谏，所以不宜把她比成贤臣、直臣等。

⑤清商：马茂元注："清商，乐曲名。现仅存南北朝的清商曲。但这一乐调，起源甚早。杜佑《通典》：'清商系汉魏六朝之遗乐。'"《清商》大概是汉代民间最流行的乐调。"商，五音之一，以悲哀为特色。李善注："宋玉《长（长字衍）笛赋》曰：吟清商，追流徵。"五臣注翰曰："清商，秋声也。秋物皆衰，以比君德衰，随此风起。"发：传播。　中曲：马茂元注："'中曲'是'曲中'的倒文，指奏曲的当中。"余冠英注："中曲，一曲分数段，中曲就是曲子的中段。"两说不同，皆通。徘徊：曲调回旋起伏，也映衬着心绪的起伏。五臣注翰曰："徘徊，志不安也。"志，心志，心情。朱自清曰："徘徊，《后汉书·苏竟传》注说是'萦绕淹留'的意思。歌曲的徘徊也正暗示歌者心头的徘徊，听者足下的徘徊。"

⑥叹：李善注："《说文》曰：叹，太息也。"余冠英注："叹，就是《乐记》所谓'一倡而三叹'的'叹'，就是和声。"按：叹是曲中的和声，并令人联想到人的叹息。　慷慨：李善注："慷慨，壮士不得志于心也。"余哀：不尽的悲哀。　朱筠曰："随风发，曲之始；正徘徊，曲之中；一弹三叹，曲之终。"

⑦惜：痛惜。李善注："贾逵《国语注》曰：惜，痛也。"但：只。知音：听懂音乐的人，知己。用《列子》伯牙和钟子期高山流水的典故。稀：李善注："孔安国《论语注》曰：稀，少也。"　五臣注向曰："不惜歌者苦，谓臣不惜忠谏之苦，但伤君王不知也。"按：此似是而非，诗中明言"但伤知音稀"，所求的是平等的知音，而不是高高在上的君王。

⑧鸣鹤:四部丛刊六臣本校曰:"五臣作'鸿鹄'。"宋刊明州六臣本作"鸿鹄",校曰:"善本作'鸣鹤'字。"朝鲜活字六臣本、《玉台新咏》作"鸿鹄"。胡绍煐认为鹄与鹤通,鸣为鸿之讹。鸿鹄更为常见,鸣鹤较为冷僻。鸿鹄,大雁、天鹅一类善飞的大鸟。奋翅起高飞:李善注:"《楚辞·九怀》曰:将奋翼兮高飞。《广雅》曰:高,远也。" 五臣注良曰:"君既不用计,不听言,不忍见此危亡,愿为此鸟高飞于四海也。"按:亦不可从,诗中明言想与歌者比翼齐飞,有惺惺相惜之意。 朱自清曰:"这末两句似乎是乐府的套语。"马茂元曰:"诗从'高楼'写起,劈空而来;以'高飞'结尾,破空而去。"按:这两句的确是套语,只是恰与开头呼应,融合无迹。

〔译文〕

遥远的西北有一座高楼,楼顶与缥缈的浮云平齐。
窗格镂刻着美丽的花纹,高高的阁楼有多重台阶。
那上面飘出弹唱的乐音,你听那声调是多么伤悲。
谁能够弹奏这样的曲子?莫非是痛苦的杞梁之妻?
曲调清越,随着风传播,弹到中间又有起伏徘徊。
演奏中还加上许多和声,绵绵无尽不得志的悲哀。
我不痛惜那歌者的苦心,只是感慨知音如此稀少。
我愿和她变成一对鸣鹤,向远方的天空奋翅高飞。

六 涉江采芙蓉

无名氏

〔题解〕

　　此诗受《楚辞》的影响非常明显。五臣注李周翰曰："此诗怀友之意也。芙蓉芳草，以为香美，比德君子也。故将为辞赠远之美意也。"李因笃曰："思友怀乡，寄情兰芷，《离骚》数千言，括之略尽。"都言之过当，而称怀友，虽然接近，也还不够准确。张琦曰："《离骚》滋兰树蕙之旨。"谓此诗如《离骚》以滋兰树蕙比喻培养人才，也未免求之过深。此外，吴淇、张庚都认为此诗是"臣不得于君之诗"。朱自清曰："十九首是仿乐府的，乐府里没有思君的话，汉魏六朝的诗里也没有，本诗似乎不会是例外。"依朱自清的看法，"这首诗的意旨只是游子思家"。

　　这是一首游子想念家中妻子的诗。他游宦四方，也许仕途并不顺利，孤孤单单地一个人生活，非常想念故乡和亲人。他常常想起和妻子到江水中采摘芙蓉花的温馨情景，现在眼前也是一片同样的美景，只是采了又能送给谁呢？一则曰"远道"，再则曰"长路"，毕竟千里万里，是没法送达的。"采之欲遗谁"，与

《十五从军征》的"羹饭一时熟,不知贻阿谁"有异曲同工之妙。马茂元曰:"我们读了以后,在思想深处不是唤起了一种流离失所、有家归不得的动乱时代的悲哀吗?"相爱的人不能一起生活,两地相思,各自伤怀,于是觉得年华徒然流逝,甚至生命也失去了寄托。然而这毕竟是爱者的痛苦,不是无爱者的痛苦,如人饮茶,苦涩中也仍然是有馨香的。

《玉台新咏》收录此诗,题为"杂诗",列在枚乘名下。

涉江采芙蓉，兰泽多芳草①。
采之欲遗谁？所思在远道②。
还顾望旧乡，长路漫浩浩③。
同心而离居，忧伤以终老④。

〔注释〕

①涉江：蹚水过江，此指到江边上或江中。曹旭注："古诗词中'江'多指'河'"。意谓不一定是很大的江。朱自清曰："'涉江'是《楚辞·九章》的篇名"，"多少暗示着诗中主人的流离转徙"。采芙蓉：含有以花定情的意味。芙蓉，荷花。《尔雅》："荷，芙蕖。"郭璞注："别名芙蓉，江东呼荷。"《毛诗·郑风·山有扶苏》郑玄笺："未开曰菡萏，已发曰芙蕖。"兰泽：长满兰草的沼泽。马茂元注："《本草拾遗》：兰生泽畔。"兰，一种香草，不是今天的兰花。　陈柱曰："二句谓涉江原欲采芙蓉，而涉江之后，且有兰泽，内又多芳草也。"朱自清曰："这一首里复沓的效用最易见。"按：陈柱曲解。"涉江采芙蓉"与"兰泽多芳草"是复沓，也是主客，"兰泽多芳草"是陪衬"涉江采芙蓉"的。"兰泽"与"芳草"又是一重复沓。　徐仁甫曰："余疑两句系颠倒以协韵。其实是兰泽虽多芳草，而涉江只采芙蓉也。《冉冉孤生竹》：'思君令人老，轩车来何迟！'轩车来迟，故思君致老，亦倒句叶韵，此与之同。芙蓉是双关语，寓夫容，已开六朝风人体之先。"按：颠倒以协韵之说可取，双关之说牵强。

②遗（wèi）：赠送。李善注："《楚辞·九歌·山鬼》曰：折芳馨兮遗所思。"所思：所思念的人。远道：远方。　朱自清引《毛诗》郑笺和《楚辞》总结道："采芳相赠，是结恩情的意思，男女都可，远近也都可。"

③还顾：回头看，向远方眺望。李善注："郑玄《毛诗笺》曰：回首曰

顾。"朱自清曰："《涉江》里道,'乘鄂渚而反顾兮',《离骚》里也有'忽临睨夫旧乡'的句子。" 漫浩浩:漫无边际,十分遥远。朱自清曰："漫漫省为漫,叠字省为单辞。"闻人倓(tán)曰："漫漫,路长貌。浩浩,无穷尽也。"马茂元注："漫,古通曼。《楚辞·离骚》:路曼曼其修远兮,吾将上下而求索。" 张玉谷曰："'还顾'二句,则从对面曲揣彼意,言亦必望乡而叹长途。"意谓前四句是写居人想远人,这两句则写远人也在想居人。朱自清不同意张玉谷的分析："这样曲折的组织,唐宋诗里也只偶见,古诗里是不会有的。"意为全诗都是写远人思念居人。

④同心:犹如说一条心,心心相印。李善注："《周易》曰:二人同心。"五臣注向曰："同心,谓友人也。"马茂元注引《诗经·邶风·谷风》"黾(mǐn)勉同心,不宜有怒"与《楚辞·九歌·湘君》"心不同兮媒劳,恩不甚兮轻绝",及乐府《白头吟》"愿得一心人,白头不相离",谓"同心""一般地都习用于男女间的爱情关系"。离居:不能住在一起。李善注："《楚辞·九歌·大司命》曰:将以遗兮离居。" 以:而。终老:一直到老。李善注："《毛诗·小雅·小弁》曰:假寐永叹,维忧用老。"五臣注向曰："忧能伤人,故可老矣。"按:"忧伤以终老"和第一首《行行重行行》"思君令人老"语意略有不同,意为忧伤憔悴,一直到老。此李善注与五臣注移用于"思君令人老"更为恰当。陈祚明曰："望旧乡,属远道人;忧伤终老,彼此共之。"亦通。谓互相思念,一起承受思念的痛苦,一起变老。

〔译文〕

到江上去采摘芙蓉花,沼泽长满馨香的兰草。
采摘了要赠送给谁呢?我思念的人远道迢迢。
朝着故乡的方向张望,道路漫长而音信悠渺。
心心相印却不能相守,就这样忧伤一直到老。

七 明月皎夜光

无名氏

〔题解〕

　　五臣注吕延济曰："此诗刺友朋贵而易情也。"是说朋友功成名就却忘了贫贱之交。刘履曰："此诗怨朋友之不我与也"，是"责其不援引之意"。说得更加清楚，是在仕途上不肯帮忙，不愿提拔老朋友。至于吴淇认为："此亦臣不得于君之诗，非刺朋友也。""不言君之不用，而归辜于朋友，正是诗人忠厚处。"是明知道如此而偏那样说。姜任修又认为此诗是："抚时思自立也。"说眼见年华流逝而欲奋发有为，与诗中凄凉感伤的情调明显不符。

　　这是一首感慨友情不坚的诗。夜色已深，天气转凉，敏感的诗人仍漂泊无偶，不觉想起了他昔日的同学好友。当年他们曾携手同行，也许还有过"苟富贵，勿相忘"的誓言。但现在好友早已飞黄腾达，把他忘了个一干二净，在他仕途上正需要帮助的时候，并没有施以援手。他于是感慨天上的星辰都徒有其名，何况人间的事情呢！这首诗用超过一半的篇幅写景，一种冷落凄清之感扑面而来,有效支撑起关于炎凉世态的抒情。这是一首比较早的成功的写景诗,较之《诗经·陈风·月出》细致得多,但似乎并没有引起文学史家的普遍重视。

明月皎夜光，促织鸣东壁①。

玉衡指孟冬，众星何历历②。

白露沾野草，时节忽复易③。

秋蝉鸣树间，玄鸟逝安适④？

昔我同门友，高举振六翮⑤。

不念携手好，弃我如遗迹⑥。

南箕北有斗，牵牛不负轭⑦。

良无盘石固，虚名复何益⑧？

〔注释〕

①皎：皎洁，照亮。马茂元注："皎夜光，犹言明夜光。《说文》：'皎，月之白也。'《诗·陈风·月出》：'月出皎兮。''皎'，在这里作动词用。"按：此句造语较为生硬，也许是传抄致讹。　促织：蟋蟀。蟋蟀的活动是古代农业社会一种典型的物候。《诗经·豳风·七月》说："七月在野，八月在宇，九月在户，十月蟋蟀入我床下。"入冬以后，蟋蟀就进入房屋避寒，夜中常能听见蟋蟀鸣叫。李善注："《春秋考异邮》曰：立秋趣织鸣。宋均曰：趣织，蟋蟀也。立秋女功急，故趣之。《礼记》曰：季夏，蟋蟀在壁。"隋树森曰："促字古亦作趣。"东壁：东墙。张庚《古诗十九首解》："东壁向阳，天气渐凉，草虫就暖也。"可聊备一说。　朱自清："本诗不用蟋蟀而用促织，也许略含有别人忙于工作，自己却偃蹇无成的意思。"徐仁甫曰："'促织'一名，《尔雅》《方言》、毛传俱不见。至东汉末年，纬书出，始有此称。此诗云'促织鸣东壁'，是其晚出于东汉末年无疑。"按："偃蹇无成"的解释求之过深，但"促织"的确比"蟋蟀"更具有时光匆迫之感。此以"促织"

判断此诗的产生时代，是值得注意的见解。

②玉衡指孟冬：斗柄指向西北，已经是初冬了。玉衡，北斗七星中的斗柄三星，随季节转动。五臣注翰曰："玉衡，斗柄也。"孟冬，初冬十月。李善注："《春秋运斗枢》曰：北斗七星，第五曰玉衡。《淮南子》曰：孟秋之月，招摇指申。然上云促织，下云秋蝉，明是汉之孟冬，非夏之孟冬矣。《汉书》曰：高祖十月至灞上，故以十月为岁首。汉之孟冬，今之七月矣。"依李善注，则此孟冬为汉初历法的孟冬十月，相当于传统夏历（即今农历）的七月，正是秋天。黄侃《诗品讲疏》据此将此诗作年上推到西汉之初，汉武帝太初改历以前。　俞平伯《古诗明月皎夜光辨》和金克木《古诗'玉衡指孟冬'试解》都质疑了李善注及由李善注引申出的结论。徐仁甫曰："贾谊《鹏鸟赋》'四月孟夏'，司马相如《封禅颂》'孟冬十月'。两者皆在太初以前，均用夏正，善说可疑。"　何：多么。历历：清晰。刘履曰："历历，远布之貌。"　在历法问题之外，朱自清又发现了一个问题："'玉衡指孟冬，众星何历历'也是秋夜所见。但与'明月皎夜光'不同时，因为有月亮的当儿，众星是不大显现的。这也许指的上弦夜，先是月明，月落了，又是星明；也许指的许多夜。这也暗示秋天夜长，诗中主人'忧愁不能寐'的情形。"按：朱说合理。这也启示我们在解诗时注意，此诗所写景物并非止于一时。

③白露：秋天的第三个节气，天气持续转凉，夜气凝为露，因秋于五行属金，金色白，故称白露。这里兼指抽象的节气和具体的景物。沾：相当于落。时节：季节。忽复：忽然又。易：更换。李善注："《礼记》曰：孟秋之月，白露降。《列子》曰：寒暑易节。"

④玄鸟：燕子。逝安适：飞到哪里去。逝，飞走。安，哪里。适，到。李善注："《吕氏春秋》曰：国危甚矣，若将安适。高诱曰：适，之也。"五臣注铣曰："安，何也。言燕往何之，怪叹节气速迁之意。"　李善注："《礼记》

曰：孟秋，寒蝉鸣。又曰：仲秋之月，玄鸟归。郑玄曰：玄鸟，燕也，谓去蛰也。""复云秋蝉、玄鸟者，此明实候，故以夏正言之。"谓这两句用夏历，寒蝉鸣叫、玄鸟南飞都是秋季的实际的物候；虽与"玉衡指孟冬"用汉初历法不同，但所指都是秋天。五臣注铣曰："上言孟冬，此述秋蝉者，谓九月已入十月节气也。"则认为此诗所写季节是秋冬之交。　徐仁甫曰："今玉衡指孟冬，则寒蝉不鸣，而玄鸟已逝矣；下句问昔日玄鸟今逝安适，则上句问昔日秋蝉之鸣树间者今逝安适，亦可知矣。盖诗句限于字数，非两句互文不足以达意，此《三百篇》之通例，亦古书之通例也。由此可知，此诗首四句为眼前实景，次四句为追忆昔日之词，而决非明实候也。特借白露时节之易，秋蝉玄鸟之逝，以兴起下文同门友之不念旧好，而高举弃我也。"按：此以互文弥合矛盾，言之成理。即"玉衡指孟冬"是眼前实景，而"秋蝉鸣树间"是回忆之辞，以见季节转换之速，以兴朋友弃我之情。此外，"秋蝉"与"孟冬"的矛盾，也可能是此诗成于众手留下的痕迹。　张玉谷曰："蝉犹鸣，燕已逝，又暗喻己与友出处不同也。"何焯曰："自比如秋蝉之悲吟也。"朱自清曰："这四语见秋天一番萧瑟的景象，引起宋玉以来传统的悲秋之感。"按：以上八句都是借景抒情，后四句尤其含有浓重的凄凉之感。在"悲秋"的文学传统中，这是一首标志性的诗。

　　⑤同门友：同学。李善注："《论语》曰：有朋自远方来，不亦乐乎？郑玄曰：同门曰朋。"曹旭注更正为："何晏《论语集解》注'有朋自远方来'引包咸曰：同门曰朋。邢昺《疏》引郑玄《周礼注》：同师曰朋，同志曰友。"高举振六翮（hé）：振翅高飞，比喻取得高位。举，飞。翮，羽毛。李善注："《韩诗外传》盖桑曰：夫鸿鹤一举千里，所恃者，六翮耳。"五臣注向曰："高举，谓登高位。六翮，鸟羽之飞者。言其高举如鸟也。"刘履曰："振，奋也。翮，鸟之劲羽。凡鸟之善飞者，皆有六翮。"

　　⑥携手好：手牵手的交情。遗迹：脚印。李善注："《毛诗·邶风·北

风》曰:惠而好我,携手同车。《国语》楚斗且语其弟曰:灵王不顾于民,一国弃之,如遗迹焉。"五臣注翰曰:"不念携手同游之好,相弃如遗行足之迹,不回顾也。"

⑦南箕(jī):南方的星座,形似簸(bò)箕。北有斗:南斗六星,在箕星的北面,不是北斗七星。牵牛不负轭(è):牵牛星不能真的拉车。轭,套在牛身上的横木,连着车辕,使牛拉车。这两句意为箕星不能当簸箕(农具)用,斗星也不能当斗(酒器)用的意思。　李善注:"言有名而无实也。《毛诗·小雅·大东》曰:维南有箕,不可以簸扬;维北有斗,不可以挹酒浆。睆(huǎn)彼牵牛,不以服箱。"五臣注良曰:"南箕,星也。虽名箕,反不可得以簸扬也。北斗,星也。虽名斗,不可量用也。牵牛,星也。虽名牛,不可以得负车轭,亦如友朋虽贵而不施惠于我。"　陈祚明曰:"玉衡众星,赋也。箕斗牵牛,比也。"即此诗前面的"玉衡众星"是实写,后面的"箕斗牵牛"是虚写。按:"箕斗牵牛"固然是用典,是比兴,是虚写,也仍然带给读者以仰望星空的意兴,并与"玉衡众星"相呼应,勾画出一片日常生活之外的精神空间。

⑧良:的确,本来。盘石:大石块。李善注:"良,信也。《声类》曰:盘,大石也。"盘:尤袤刻李善本作"盤"。四部丛刊六臣本作"盤",校曰:"五臣作'磐'。"宋刊明州六臣本、朝鲜活字六臣本作"磐",校曰:"善本作'盤'字。"盤与磐通。今改为通行简化字。　复何益:还有什么用。五臣注济曰:"言其心不能固如盘石,虚有朋友之名,复何益也?"按:磐石重,虚名轻,映照显然。以问句收束全诗,怨望之中含有不尽伤怀之意。

〔译文〕

月光皎洁照亮了夜晚,蟋蟀在东墙不住鸣叫。

斗柄指向西北的初冬,夜空中众多星辰闪耀。

白露已落到野草尖上,节气忽然发生了变化。
秋蝉还在树梢上悲鸣,燕子不知飞去了哪里。
昔日和我同学的朋友,振翅高飞已身份显赫。
他忘记了携手的交情,抛弃我如同身后脚印。
箕星斗星都徒有其名,牵牛星也并没有拉车。
本来就没有磐石坚固,友情都是虚假的空话。

八　冉冉孤生竹

无名氏

〔题解〕

　　五臣注吕延济曰："此以伤时。"所指不明。陈祚明曰："此望录于君之辞。"若论以夫妇喻君臣关系,此诗似乎将夫妇之情写得过于具体,过于真切,有失于讽喻之体。方廷珪则认为："古人多以朋友托之夫妇","大意是为有成言于始,相负于后者而发"。说这首诗是写朋友关系,也是绕路说禅,没有必要解释得这么曲折。吴淇曰："酷似《摽有梅》,当是怨婚迟之作。"马茂元曰："这首诗,写新婚后久别之怨。"两说皆言之成理。

　　这是一首汉代的"新婚别",后来杜甫的《新婚别》明显受到了此诗的影响。此诗通过生动的比兴,以女性的口吻,说本希望婚后能过上夫唱妇随的幸福生活,可谁想刚一结婚这男子就远行求官,即使有一天他功成名就,乘着豪华的轩车回来又有什么意义呢?那时我已经像一株秋后的蕙兰一样枯萎了。对于古代女子而言,感性的青春生命远比世俗的荣华富贵更值得珍惜。放在《古诗十九首》的独特语境中,这一表达也隐含着一层追逐功名富贵会破坏个人生活幸福的意味。因为社会动荡黑暗，功名富贵实际上已经难以期望，所以明智的选择就是专注于个人生活。当然，将"轩车来何迟"解释为迎亲的车迟迟不来也说得通，这就变成了一首恨嫁诗，与《诗经·召南·摽有梅》一脉相承。只不过，这一解释就不再含有重视个人生活超过社会地位的意义，而别具一种怀才不遇的意味。

《文心雕龙》以此诗为傅毅所作。《玉台新咏》收录此诗，列入《古诗八首》。《乐府诗集》收入《杂曲歌辞》，题为"冉冉孤生竹"。

冉冉孤生竹，结根泰山阿①。

与君为新婚，兔丝附女萝②。

兔丝生有时，夫妇会有宜③。

千里远结婚，悠悠隔山陂④。

思君令人老，轩车来何迟⑤。

伤彼蕙兰花，含英扬光辉⑥。

过时而不采，将随秋草萎⑦。

君亮执高节，贱妾亦何为⑧？

〔注释〕

①冉冉：柔弱的样子，还含有渐渐生长的意思。《说文》："冉，毛冉冉也。"段玉裁注："冉冉者，柔弱下垂之貌。"五臣注翰曰："冉冉，渐生进貌。"孤生竹：只有一株竹子，还没有形成竹丛。含有女子将丈夫视为唯一依靠的意思。马茂元注："一说，孤生竹，犹言野生竹。" 结根：扎根。泰山：比喻男子值得依靠。五臣注翰曰："泰山，众山之尊。夫者，妇之所尊，故以喻之。"王念孙曰："泰山当为大山。"余冠英注："魏明帝《种瓜篇》：愿托不肖躯，有如依大山。本此。"泰与太通，皆大之意。据王说，则"泰山"不必是东岳泰山，仅是一座大山而已。阿(ē)：山弯里。《楚辞·九歌·山鬼》："若有人兮山之阿。"王逸注："阿，曲隅意。" 李善注："竹结根于山阿，喻妇人托身于君子也。《风赋》曰：缘太山之阿。"五臣注翰曰："此喻妇人贞洁如竹也。结根太山，谓心托于夫，如竹生于泰山之深也。"余冠英则认为这两句是写未嫁时："自己本无兄弟姊妹，有如孤生之竹。未嫁时依靠父母，有如孤竹托根于泰山。"按：李善与五臣注是，余注增加了不必要

的枝蔓。

②与君为新婚：方廷珪曰："此为新婚只是媒妁成言之始，非嫁时也。"朱自清赞成方说："这里'为新婚'只是定了婚的意思。"马茂元则反对方说："'为'是'成'的意思。为新婚，指成婚不久。""古代没有'订婚'这一名词，所谓'媒妁成言之始'，是指'纳采''问名'而言，不能算是成婚，更谈不上'新婚'。""《礼记·昏仪》疏曰：'谓之昏者，娶妻之礼。以昏为期，因名焉。'可知'昏'是指嫁娶的当天，方廷珪所谓'非嫁时'，这话是讲不通的。"按：方说朱说粗疏，马说可从。但不把"新婚"解释为订婚，并不妨碍将其解释为渴望中的"新婚"，将后文的"轩车"解释为迎亲。即恨嫁说仍然可以成立。　兔：四部丛刊六臣本校曰："五臣作'菟'。"宋刊明州六臣本、朝鲜活字六臣本作"菟"，校曰："善本作'兔'字。"《玉台新咏》作"菟"。兔丝、女萝：都是蔓生的植物。李善注："毛苌《诗传》曰：女萝，松萝也。《毛诗草木疏》曰：今松萝蔓松而生，而枝正青。兔丝草蔓联草上，黄赤如金，与松萝殊异。此古今方俗，名草不同，然是异草，故曰附也。"五臣注济曰："菟丝、女萝，并草，有蔓而密，言结婚情如此。"　胡怀琛提出疑问，认为兔丝与女萝不能比喻夫妇："李善谓女萝与兔丝为二草，诚然。""必解作'兔丝因女萝间接附乔木'始可。然古诗如此云云，终有语病。"朱自清曰："李白诗，'君为女萝草，妾作兔丝华'，以为女萝是指男子，兔丝是女子自指。"则以兔丝和女萝比喻夫妇并无问题。又，马茂元曰："兔丝和女萝同样是蔓生植物，同样的只能依附其他植物而不能为其他植物所依附。诗人借此暗示新婚远别，终身无着的悲哀。"按：这样解释诗意显得更加丰富，但似求之过深。前两句以孤生竹托身于泰山，来比喻夫妻关系的稳固可靠，这两句以兔丝和女萝互相缠绕，来比喻新婚夫妻的亲密无间。　沈德潜曰："起四句比中用比。"按：此谓首二句是一重比兴，次二句又是一重比兴，若后世白话小说之双楔子然。

③生有时：在一定的时节生长。会有宜：趁着青春年华生活在一起。会，一起生活。宜，应该，适当的年龄。李善注：“《苍颉篇》曰：宜，得其所也。”方廷珪曰：“兔丝及时而生，夫妇亦及时而会。” 朱自清曰：“为什么单提兔丝，不说女萝呢？兔丝有花，女萝没有；花及时而开，夫妇该及时而会。”马茂元曰：“这是双起单承，从夫妇双方的关系把问题归结到自己的忧伤。”徐仁甫曰：“下文言‘兔丝生有时’，不复言女萝者，言兔丝而女萝在其中也，故下又云‘夫妇会有宜’。”按：比较而言，朱自清着眼比兴，得其微旨，较有趣味；马茂元着眼脉络，意在疏通下文；徐仁甫着眼修辞，仅在解释本句。

④悠悠：遥远。陂（bēi）：山坡。李善注：“《说文》曰：陂，阪（bǎn）也。”阪，山坡。五臣注向曰：“陂，水也。”亦通。 五臣注向曰：“此意谓结婚之后，夫将远行。”

⑤思君令人老：第一首《行行重行行》亦有此句。轩车：有屏障的车，当官的人坐的车。杜预《左传注》：“轩，大夫车。”服虔曰：“车有藩（fān）曰轩。”藩，屏障。五臣注铣曰：“夫之车马来归，何迟也。” 马茂元注：“女子的丈夫婚后远出，当然是为了寻求功名富贵。‘轩车’是她的想象，并非实指。下句是说久游不归，含有盼望他早日得志归来的意思。”朱自清曰：“也许男家是做官的；也许这（按：指轩车）只是个套语，如后世歌谣里的‘牙床’之类。”按：马说意为婚后久游的丈夫乘轩车而归，朱说意为新婚时丈夫乘轩车来迎亲，都说得通。

⑥蕙兰：两种香草。隋树森注引《尔雅翼》曰：“一干一花而香有余者兰，一干数花而香不足者蕙。”含英：含苞待放。英，花。隋树森注引毛苌《诗传》曰：“英，犹华也。”又引《尔雅》曰：“荣而不实者谓之英。”扬光辉：焕发光彩。 五臣注翰曰：“蕙兰，香草也。英，润色也。此妇人喻己盛颜之时。” 徐仁甫曰：“伤字贯下四句，四句连读为宜。”按：意谓直至“秋草

萎"都是"伤"的宾语。此亦如柳永《八声甘州》："想佳人、妆楼颙望,误几回、天际识归舟。"四句都是"想"的宾语,若断而连,气脉流贯,句法浑成。

⑦"过时"两句:李善注:"《楚辞·七谏》曰:秋草荣其将实(脱兮字),微霜下而夜殒(殒,今本作降)。"五臣注良曰:"萎,落也。言蕙兰过时不采,乃随秋草落矣。喻夫之不来,亦恐如此草之衰也。"按:这是思妇自叹虚度青春、容颜易老。蕙兰含英扬辉,本与秋草不同,然一旦枯萎,则再无区别,亦是可叹。

⑧亮:同谅,想必。李善注:"《尔雅》曰:亮,信也。"执高节:坚持高尚的品格,不改初衷。执,秉持。贱妾:女子的谦称。亦何为:何必自伤自怜,胡思乱想。《文选》范云《古意诗》李善注引作"拟何为"。徐仁甫曰:"'拟'字太死。"按:亦为虚词,较为空灵;拟为实词,不免落于言筌。 五臣注济曰:"言君执贞高之节,其心不移,则贱妾亦何为爱也。"张玉谷曰:"末二代揣彼心,自安己分,结得敦厚。"按:"君亮执高节"的揣想毫无信心,茫无着落,"贱妾亦何为"的自慰充满委屈与无奈。正如朱自清所分析的:"其实这不过是无可奈何的自慰——不,自骗——罢了。"

〔译文〕

一茎细竹孤孤单单地,在大山脚下扎了根须。
我和你结为新婚夫妇,就像兔丝和女萝相依。
兔丝春天发芽夏天长,夫妇应趁年轻多相聚。
不远千里来与你结婚,婚后却又是山岳远隔。
思你念你我容颜渐老,功成名就你归来太迟。
伤心那蕙兰含苞待放,像我散发着青春光辉。
如过了季节还不采摘,将会同秋草一样枯萎。
但愿夫君你不改初衷,自伤自怜我又是何必?

九　庭中有奇树

无名氏

〔题解〕

　　保守的古人常见不得男女之情。五臣注李周翰曰："此诗思友人也。美奇树华滋，思友人共赏，故将以遗之也。"一定要说成朋友关系。而吴淇、张庚都认为是"不得志于君"，陈祚明也说是"望录于君"，又解释成君臣关系。不过，只要看陆机模拟此篇所写的"欢友兰时往"就一目了然，所谓"欢友"显然是亲密的异性友人。马茂元曰："这首诗和《涉江采芙蓉》篇内容大致相同，都是折芳寄远。但前一篇是行客望乡的感慨，这一篇是思妇忆远的心情。"

　　这又是一首欲赠人以花的诗。鲜花总是令人想起美好的事情，主人公见花开灿烂，就下意识地折了一朵，正想着要赠给远人，却忽然意识到道路遥远，根本不可能送到。与第六首"采之欲遗谁，所思在远道"的意思一样，显示出时时将远人置于心上，恍若相依又远隔千里的相思情景。"馨香盈怀袖"启发了后来李清照《醉花阴》词的名句："东篱把酒黄昏后，有暗香盈袖。"

"此物何足贡"则可能来自于《诗经·邶风·静女》篇"非汝之为美(礼物算不上多么好),美人之贻"及《卫风·木瓜》篇"匪报也(礼物不足报答你的深情),永以为好也"的影响。

《玉台新咏》收录此诗,题为"杂诗",列在枚乘名下。

庭中有奇树,绿叶发华滋^①。
攀条折其荣,将以遗所思^②。
馨香盈怀袖,路远莫致之^③。
此物何足贡？但感别经时^④。

〔注释〕

①庭中:庭院中。中:四部丛刊六臣本校曰:"五臣作'前'。"宋刊明州六臣本、朝鲜活字六臣本作"前",校曰:"善本作'中'字。"《玉台新咏》作"前"。作"前"亦通,韵味稍逊。奇树:瑰奇的树。李善注:"蔡质《汉官典职》曰:宫中种嘉木奇树。"马茂元注:"犹言美树。《楚辞·九章·橘颂》:后皇嘉树,橘徕服兮。" 发华滋:绽放繁密的花朵。华,同花。滋,繁茂。隋树森注:"《答宾戏》曰:得气者繁滋。"按:二句可谓平中见奇。

②攀:牵拉。荣:花。隋树森注:"《尔雅》曰:木谓之华,草谓之荣。案:荣、华亦通名,如《月令》'菊有黄华''木堇荣'是也。此诗上云'奇树',此'荣'即'华'也。"荣、华都是花的意思,木本的称为华,草本的称为荣,但是也通用。朱自清曰:"荣就是花,避免重复,换了一字。" 遗(wèi):赠。所思:所思念的人。《楚辞·九歌·山鬼》:"折芳馨兮遗所思。"按:二句极为自然,完全看不出用了典故。"攀条"写得有情。

③馨香:香气。朱自清曰:"采芳本为了被(fú)除邪恶,见《太平御览》引《韩诗》的章句。被除邪恶,凭着花的香气。"盈怀袖:浸透襟袖。李善注:"王逸《楚辞注》曰:在衣曰怀。"朱自清曰:"《左传》声伯《梦歌》:归乎,归乎! 琼瑰盈吾怀乎!"琼瑰,玉珠。盈,满。怀,衣襟。 莫致之:不能送到。李善注:"《毛诗·卫风·竹竿》曰:岂不尔思,远莫致之。《说文》曰:致,送诣也。"五臣注向曰:"思友人德音,如此物馨香满于怀袖,而路远莫

能致相思之意。"按：此解是。馨香是实写，也是两地相思情绪的象征，惟并非友人。此句可谓妙笔传神。

④此物何足贡：这朵花不值得献给你，配不上你的情意。足，值得。贡，献给。　李善注："贾逵《国语注》曰：贡，献也。物或为荣，贡或作贵。"曹旭注："表明初唐李善时，此句一作'此荣何足贵'。但李善采用'此物何足贡'版本。"按：据李善注，李善所见异本，此句可能有四种写法："此物何足贡""此物何足贵""此荣何足贡""此荣何足贵"。贡：四部丛刊六臣本作"贵"，校曰："善作'贡'。"宋刊明州六臣本、朝鲜活字六臣本作"贵"，校曰："善本作'贡'字。"《玉台新咏》作"贵"。沈德潜曰："何足贵，《文选》作'何足贡'，谓献也，较有味。"朱自清曰："此物何足贵""是直直落落的失望"，"此物何足贡""也是失望，口气较婉转"。按：四字皆通，但"荣"字重复，较"物"稍逊，"贵"字较直白，"贡"字更委婉。　但：只是。经时：很久。五臣注翰曰："非贵此物，但感别离，而时物有改也。"余冠英注："假如能将这枝花送到那人的手里，岂不是就代替了千言万语吗？"按：这句有不能共度时光便是虚度年华的意味，余注且分析出弦外之音，可以看作是思妇的微妙心理。　孙鑛曰：此诗"与《涉江采芙蓉》同格"，"视彼较快，然冲味稍减"。同格，格调和写法相似。冲味，冲淡的风味。朱自清曰："本诗原偏向明快，《涉江采芙蓉》却偏向深曲，各具一格，论定优劣是很难的。"按：此诗明快中也有些许波澜，两句写事，两句写情。"馨香"句一顿，风流蕴藉，"但感"句又一顿，语淡情长。

〔译文〕

　　庭中一株瑰奇的树木，绿叶之间开满了繁花。
　　手攀枝条折下了一朵，想要送给所思念的他。
　　香气在襟袖萦绕不去，道路太远没办法送达。
　　这花有什么值得贡献？只觉久别虚度了年华。

十　迢迢牵牛星

无名氏

[题解]

　　方东树曰："此诗佳丽只陈别思，旨意明白。"本来清清楚楚。但五臣注(吕延济)却将其释为："牵牛织女星，夫妇道也，常阻河汉不得相亲。此以夫喻君，妇喻臣，言臣有才能不得事君而为谗邪所隔，亦如织女阻其欢情也。"偏说是以夫妇喻君臣，这解释看似合理，实则无据。姚鼐曰："此近臣不得志之作。"则又从"盈盈一水间"生发出一个"近臣"。就连张玉谷也认为："此怀人者托为织女忆牵牛之诗，大要暗指君臣为是。"可见这种阐释传统多么强大。马茂元曰："这首诗是秋夜即景之作，借天上的牛女双星，写人间别离之感。"

　　牛女传说由来已久，故事大体定型即在此诗产生之时代，此诗是现存最早将牛女视为夫妻的文献。诗从牛女相对写起，也以牛女相对作结，而中间则只写织女如何美丽，如何无心织布，泪水涟涟，一副楚楚动人的样子。其实这已经不是天上的仙女，而是一位普通的人间女子，就像达·芬奇和拉斐尔笔下的圣母莫不以人间女子为模特一样。这不是把人神化、抽象化,而是反过来赋予神一种丰富的人性,这是人性的胜利。"河汉清且浅,相去复几许",把浩瀚的银河说成十分清浅,正是人间痴男怨女的口吻。有情人不能终成眷属,成了眷属也不能长相厮守,千百年来这普普通通的悲剧每天都在上演,所以这首诗就格外动人心弦。

《玉台新咏》收录此诗,题为"杂诗",列在枚乘名下。

迢迢牵牛星,皎皎河汉女①。
纤纤擢素手,札札弄机杼②。
终日不成章,泣涕零如雨③。
河汉清且浅,相去复几许④?
盈盈一水间,脉脉不得语⑤。

[注释]

①迢迢:远远。丁福保曰:"迢迢,宋刻《玉台》作'苕苕',全书皆然。按古诗《迢迢牵牛星》,吕延济注曰:'迢迢,远貌。'张衡《西京赋》:'干云雾而上达,状亭亭以苕苕。'李善注曰:'亭亭苕苕,高貌。'然则'迢''苕'迥别,混而一之,非是。不得以古字假借为词。"迢迢是远远的样子,苕苕是高高的样子,语意不同,应以迢迢为是。 皎皎:光亮白皙,兼写织女星和人格化的织女。河汉女:银河一侧的织女星。河汉,银河。李善注:"《毛诗·小雅·大东》曰:维天有汉,监亦有光。跂(qí)彼织女,终日七襄。虽则七襄,不成报章。毛苌曰:河汉,天河也。" 马茂元注:"二句分举,文义互见。"意为这两句诗采用了互文的修辞,即牵牛星和织女星都是"迢迢"而"皎皎"的。按:迢迢可以兼指牛郎星和织女星,皎皎却偏在织女星一面,观下文"纤纤擢素手"可知。

②纤纤:细长。擢(zhuó):举起。素手:白净的手。札札:织布机的声音。机杼(zhù):泛指织布机。马茂元注:"机,织机上转轴的机件。杼,织机上持纬的机件。" 五臣注铣曰:"纤纤擢素手,喻有礼仪节度也。札札弄机杼,喻进德修业也。"方廷珪曰:"擢素手,喻质之美。弄机杼,喻才之美。"都求之过深。

③终日:整天,一天又一天。不成章:不能织成纹理,织不成一块布。

章,布的纹理。语出《诗经·小雅·大东》,已见前注。孔颖达疏曰:"言虽则终日历七辰,有西而无东,不成织法报反之文章也。言织之用纬一来一去,是报反成章;今织女之星,驾则有西而无东,不见倒反,是有名无成也。"意为织女星向西方运行却不返回东方,不同于织布机的来回往复,所以并不能织成布匹。 泣涕:偏义复词,眼泪和鼻涕,偏在眼泪。零:落。李善注:"《毛诗·邶风·燕燕》曰:瞻望弗及,泣涕如雨。"五臣注向曰:"终日不成章,喻臣能进德修业,有文章之学,不为君所见知,不用于时,与不成何异也?泣涕,谓悲王室微弱,朝多邪臣,恐国之亡也。"解释较为牵强。 陈祚明曰:"不成章,'不盈顷筐'之意。"按:《诗经·周南·卷耳》:"采采卷耳,不盈顷筐。嗟我怀人,置彼周行。"此诗情境与《卷耳》相似,皆因相思而不能完成手中的工作。相似的作品还有:北朝乐府《木兰诗》:"唧唧复唧唧,木兰当户织。不闻机杼声,惟闻女叹息。"古希腊诗人萨福《相思》:"妈妈,亲爱的妈妈,我哪里有心织布?我心里已经装满了对那个人的思念。"

④相去:相距。复:又能。徐仁甫曰:"'复'犹'能'也,估计之词。"几许:多远,表示很近。

⑤盈盈:形容清浅。间(jiàn):间隔。 脉脉(mò):眼中含情的样子。四部丛刊六臣本校曰:"五臣作'脈脈'。"宋刊明州六臣本、朝鲜活字六臣本作"脈脈",校曰:"善本作'脉'字。"李善注:《尔雅》曰:脉,相视(视字衍)也。郭璞曰:脉脉,谓相视貌也。隋树森按:"脉脉,五臣本作'脈脈'(按:应为'脈脈')。今《尔雅》'脉'作'覛',无郭注。"何焯曰:"脉当从见,从目亦可通,从月则乖其义。"则脈与覛通,脉与脉通;脈与覛是,而脈与脉非。又,脉脉,《广韵》引作"嗼嗼",《苕溪渔隐丛话》引《复斋漫录》引作"默默",皆通,于义稍逊。徐仁甫曰:"'脉脉不得语',谓得相视而不得语。脉脉从清浅、几许、盈盈来,与'得'字相应。默默只是不语而已,与

'得'字无关。" 五臣注良曰:"河汉清且浅,喻近也,能相去几何也? 盈盈,端丽貌。脉脉,自矜持貌。喻端丽之女在一水之间,而自矜持不得交语,亦犹才明之臣与君阻隔,不得启沃也。"启沃,以善言劝谏君王。盈盈、脉脉的解释有误,以此为基础的诗意阐释也不恰切。按:二句意谓眼见银河清浅却不能渡过,两人分明有情却不能结合。这是怨恨天地无理之辞。不能终成眷属的原因颇多,但在有情人看来,都只是无理之甚。

〔译文〕

深远的夜空中的牵牛,光亮的银河边的织女。
举起纤细白皙的手指,札札地操作着织布机。
日复一日也不能成章,涟涟的泪水零落成雨。
你看那银河多么清浅,两岸的距离又有多远?
盈盈的一条银河分隔,脉脉地相对不能言语。

十一　回车驾言迈

无名氏

〔题解〕

关于此诗主旨的认识分歧主要在于"荣名"一词。五臣注李周翰曰:"人非金石,将疾随万物同为化灭矣。将求荣名以为宝,贵扬名于后世,亦为美也。"尚未作出具有倾向性的价值评判。至吴淇曰:"十九首中,勉人意凡七,惟此点出'立身''荣名'是正论,其他'何不策高足''何为自结束''不如饮美酒''何不秉烛游''极宴娱心意'皆是诡调。"则从诗教立场出发,认定此诗提出了积极正面的价值观。马茂元则评之曰:"这些看法都是从儒家的传统思想出发,一定要把《古诗十九首》的作者说成是'君子',可能与诗人的原旨,并不相符。'荣名'这一词汇,有它一定的涵义,对荣禄和声名的向往,是一般失意之士最现实的心情。"指出这"荣名"仅仅是一种人之常情而已,是无所谓高下的。陈祚明则曰:"慨得志之无时,河清难俟,不得已而托之身后之名。""有所托以自解者,其不解弥深。"说诗人只是仕途上没有出路,精神上没有寄托,这"不得已"与"不解弥深",

实在是触到了诗人的痛处。

　　此诗以伤春为悲秋，慨叹生命的短暂。人生仿佛是一次远行，诗人四顾苍茫，草色青青，但他感到的不是春天所带来的生机，而是在春天摧枯拉朽的冲击下，一切旧事物都不再具有合理性，人生亦概莫能外。吴淇曰："宋玉悲秋，秋固悲也。此诗反将一片艳阳天气，写得衰飒如秋，其力真堪与造物争衡，那得不移人之情？"既然迅速衰老是人生的必然，为了实现这短暂人生的价值，就要及早立身，以求将荣名传之后世。这颇合于儒家"立德、立功、立言"的传统价值观，与及时行乐的人生选择看似迥异，实则出于同样的社会和思想背景。"立身"和"荣名"并不是诗人找到的人生归宿，而更像是一种对人生的安慰，迫切的语气中仍然难掩凄凉。

回车驾言迈,悠悠涉长道①。

四顾何茫茫,东风摇百草②。

所遇无故物,焉得不速老③?

盛衰各有时,立身苦不早④。

人生非金石,岂能长寿考⑤?

奄忽随物化,荣名以为宝⑥。

[注释]

①回车:调转车的方向。曹旭注:"语出《楚辞·离骚》:'回朕车以复路兮,及行迷之未远。'寓有迷茫失意和自警自励之意。"驾言迈:驾车远行。言,语助词。迈,远行。悠悠:遥远。涉:蹚水过河,此指驾车而行。马茂元注:"涉,本义是徒步过水。引申之,凡渡水都叫'涉'。再引申之,则不限于涉水。" 李善注:"《毛诗·邶风·泉水》及《卫风·竹竿》曰:驾言出游。《诗经·小雅·黍苗》又曰:悠悠南行。《诗经·鲁颂·泮水》:顺彼长道。"按:除了屈原的回车复路以外,二句还引人联想到后来阮籍的"穷途之哭"。

②四顾:向四周张望。何:多么。茫茫:苍茫。五臣注济曰:"茫茫,广远也。"马茂元注:"茫茫,抒写空虚无着落的远客心情。"李善注:"《庄子》曰:方将四顾。王逸《楚辞注》曰:茫茫,草木弥远,容貌盛也。"东风:中国大陆地区春夏季节盛行东南风,一般以东风指春风。五臣注济曰:"东风,春风也。" 锺惺曰:"写得旷而悲,不必读下文矣。"谓二句境界开阔,异常悲慨。

③故物:过去的事物。焉得:难道,怎会。五臣注向曰:"言物皆去故而就新,人何得不速衰老。" 这两句曾深深感动了稍后的魏晋士人。《世

说新语·文学》记载："王孝伯在京行散,至其弟王睹户侧,问古诗何句为佳? 睹思未答。孝伯咏'所遇无故物,焉得不速老',此句为佳。"

④盛衰:兼指自然的盛衰与人生的盛衰。各有时:各按一定的时节,相当于说有命。马茂元注:"犹言'各有其时',是兼指百草和人生而说的。" 立身:立身于社会,建功立业,显亲扬名。马茂元注:"立身,犹言树立一生的事业基础。《论语·为政》:'孔子曰:吾十有五而志于学,三十而立。'" 苦不早:恨不更早一些,趁年轻。马茂元注:"早,指盛时。"五臣注铣曰:"恐盛时将迁,而立身不早。立身,谓立功立事。" 陶渊明《杂诗》:"盛年不重来,一日难再晨。及时当勉励,岁月不待人。"似从此化出。

⑤金石:金属和石头。马茂元注:"金,言其坚。石,言其固。"李善注:"《韩子》曰:虽与金石相弊,兼天下未有日也。" 长寿考:长生不老。考,老。

⑥奄忽:迅速。物化:化为异物,指死亡。李善注:"化,谓变化而死也。不忍斥言其死,故言随物而化也。《庄子》曰:圣人之生也天行,其死也物化。" 荣名:荣誉,美名。何焯曰:"荣名,以名之不朽为荣也。"五臣注翰曰:"奄忽,疾也。人非金石,将疾随万物同为化灭矣。将求荣名以为宝,贵扬名于后世,亦为美也。" 按:此诗之意恰如陶渊明《影答形》,所谓:"立善有遗爱,胡为不自竭?"人生短暂,正当建功立业。然陶公《神释》复曰:"立善常所欣,谁当为汝誉?"则"荣名"之"宝"也不十分可靠。皆忧世伤生,令人掩卷生悲。

〔译文〕

我调转了车驾的方向,从此登上悠远的长道。

张望四方是多么苍茫,东风摇荡着新生百草。

遇见的没有往日事物,人怎能不迅速地衰老?
盛和衰都会按时到来,建功立业恨不能更早。
生命脆弱绝非金与石,谁能够长生一直不老?
忽然就离去化为异物,美名才是不磨的珍宝。

十二　东城高且长

无名氏

〔题解〕

　　五臣注张铣曰："此诗刺小人在位,拥蔽君明,贤人不得进也。"小人、君主,皆于文本无据。陆时雍曰："景骎年摧,牢落莫偶,所以托念佳人。"谓年华流逝,事业无成,于是寄情于佳人,则庶几得之。至陈祚明曰："怀才未遇,而无缘以通,时序迁流,河清难俟。飞燕营巢,言但得厕身华堂足矣。"又将佳人之居所设想成富贵乡与名利场,亦不合于诗意。张凤翼《文选纂注》提出："此(按:指'何为自结束')以上是一首,下'燕赵'另一首,因韵同故误为一耳。"纪昀辨之曰："此下乃无聊而托之游冶,即所谓'荡涤放情志'也。陆士衡所拟可以互证。张本以臆变乱,不足为据。"指出诗意连贯,又有陆机拟作为证。吴汝纶曰："《玉台》《文选》皆作一篇,燕赵以下乃承'荡涤放情志'为文,而'音响'二句,又所以终苦心局促之旨也。"指出古本皆作一篇,结构紧凑。张说是无根之谈,不可从。

　　诗从东城写起,俯瞰一片苍茫秋景。在浩荡的秋风中,晨风高飞,蟋蟀低吟,秋草虽然还茂盛而碧绿,却显得分外苍凉。既然时光流转,生命短促,又何必循规蹈矩,且看燕赵佳人吧。此所谓佳人,很可能是指洛阳城中的歌伎。她们天生丽质又妙解音律,然而华丽的服饰却掩饰不住琴声中的悲苦。于是诗人幽思彷徨,想要和她们成为双宿双栖的燕子,互相慰藉着,来求得感情的归宿。此诗与《西北有高楼》一首命意相似,佳人或许是实,音响中的悲苦却大半来自诗人的想象,是诗人落寞情怀的投射。"沈吟聊踯躅"的描写也耐人寻味,似乎含有一些"闲情"即以礼节情的意思,隐约显示出传统儒家伦理与新时代个性解放思潮之间的微妙关系。

　　《玉台新咏》收录此诗,题为"杂诗",列在枚乘名下。

东城高且长,逶迤自相属①。

回风动地起,秋草萋已绿②。

四时更变化,岁暮一何速③。

晨风怀苦心,蟋蟀伤局促④。

荡涤放情志,何为自结束⑤?

燕赵多佳人,美者颜如玉⑥。

被服罗裳衣,当户理清曲⑦。

音响一何悲,弦急知柱促⑧。

驰情整中带,沈吟聊踯躅⑨。

思为双飞燕,衔泥巢君屋⑩。

〔注释〕

　①东城:洛阳东面的城墙。马茂元注:"《驱车上东门》里的'上东门'
是城关的名称,这里泛指城垣。"逶迤(wēiyí):曲折连绵。属(zhǔ):连续。
李善注:"城高且长,故登之以望也。王逸《楚辞注》曰:逶迤,长貌也。"
五臣注铣曰:"东,春也,所以养生万物。城可以居人,比君也。高且长,喻
君尊也。相属,德宽远也。"按:此引申太过,牵强附会。宜如方廷珪所说,
只是"就所历之地起兴"。

　②回风:旋风。动地起:风力撼动大地,较之岑参诗"北风卷地白草
折"更见强劲。　秋草萋已绿:此句较为费解。萋即萋萋之省略,茂盛之
意,秋草茂盛而碧绿,初看似与悲秋之诗旨不合。　陈柱曰:"萋通作凄,
秋草凄已绿,则绿意已凄,其绿不可久矣。"马茂元注:"萋,通作凄。绿是
草的生命力的表现,'萋已绿',是说在秋风摇落之中,草的绿意已凄然向

尽。"按：以上二家实将"萋已绿"视为"绿已凄"。除"萋、凄"通假之外，还暗藏一个已字的问题，即二家将已字理解为已经，则"萋已绿"就讲不通，只有"绿已凄"才能讲得通。　曹旭注："这二句应作'秋草萋已绿，回风动地起'，为押韵将'回风动地起'前置。意思说：虽然眼前秋草仍萋萋而绿，但东城的秋风已经动地而起，并将改变眼前的景象。由此导入'四时更变化，岁暮一何速'下句。"则不改字，释已为而，仅颠倒前后二句。　徐仁甫曰："萋是'维叶萋萋'之萋，毛传：'萋萋，茂盛貌。'已同以，又也。谓秋草茂盛又绿色矣。张景阳《杂诗》'庭草萋以绿'，已作以。何逊《和萧咨议岑闺怨》：'昔期今未返，春草寒复青。'复，又也。盖摹此'凄已绿'而造句。可见'已''以'犹'又'。杜甫《遣兴五首》之一'秋草萋更碧'，更亦又也。'已绿'与'更碧'同。"　按：据徐说，既不必通假，也不必颠倒。《文选》同卷录张协《杂诗》其一（秋夜凉风起）："房栊无行迹，庭草萋以绿。"李善注："古诗曰：秋草萋以绿。"则张协与李善所见此诗皆为"秋草萋以绿"。已以相通，相当于而，不必如陈、马二家解释出已经的意思，也就不必通假，不必颠倒萋绿二字。秋草茂盛而碧绿，正与秋风浩荡相映衬，以兴起下文"四时更变化，岁暮一何速"，以秋草分外茂盛碧绿预见盛极而衰、四时变化，这是一种相反相成的借景抒情方式，与前一首以"东风摇百草"（春风吹拂，百草萌生）兴起"盛衰各有时"（由春日草盛见人生之衰）是一样的。曹旭颠倒二句，以"回风动地起"接引"四时更变化"，言之成理，而不颠倒二句，也说得通。　又五臣注向曰："回风，长风也。风为号令也。地，臣位也。号令自臣而出，故云回风动地起。秋草既衰盛（盛字应为而）草绿，谓政化改易疾也。萋，盛貌。"过于牵强附会，不可信。

③四时：四季。更（gēng）变化：更替。马茂元注："就是《楚辞·离骚》'岁月忽其不淹兮，春与秋其代序'的意思。"岁暮：秋冬之时。一何速：多么快。　李善注："《周易》曰：四时变化，而能久成。《毛诗·唐风·蟋

蟀》曰:岁聿云(云,今本作其)暮(暮,今本作莫)。(按:《诗经·小雅·小明》曰:岁聿云莫。)《尸子》曰:人生也亦少矣,而岁往之亦速矣。"又五臣注翰曰:"此亦寄情于政令数移之速也。"亦不可信。

④晨风:鹰隼一类的猛禽。苦心:既可以指苦心孤诣、苦心经营,又可以指有志难遂、内心凄苦。局促:不舒展。马茂元注:"傅毅《舞赋》:'伤蟋蟀之局促。'为这句之所本。" 李善注:"《毛诗·秦风·晨风》曰:鴥彼晨风,郁彼北林。未见君子,忧心钦钦。(如何如何,忘我实多。)《苍颉篇》曰:怀,抱也。《毛诗序》曰:《蟋蟀》,刺晋僖公俭不中礼。《汉书》景(景应为武)帝曰:局促效辕下驹。"李善未引序与诗如下:《毛诗序》曰:"《晨风》,刺康公忘穆公之业,弃贤臣也。"《诗经·唐风·蟋蟀》:"蟋蟀在堂,岁聿其莫。今我不乐,日月其除。无已大康,职思其居。好乐无荒,良士瞿瞿。"近人金启华《诗经全译》解题曰:"(《晨风》,)女子忧虑男子无情。""(《蟋蟀》,)勉励人们及时努力。" 马茂元注:"这里的'晨风'和'蟋蟀'点明季节,兼取《诗经》的用意。"曹旭注:"二句隐括熔铸《诗经》中《晨风》《蟋蟀》篇内容,将两句的人文内涵扩大。谓写作《晨风》《蟋蟀》的作者自作多情,自寻顿恼,襟怀局促。"按:二句主要用晨风与蟋蟀的字面意思,写眼前实景以点明季节、渲染气氛,而与《诗经》中的《晨风》《蟋蟀》二诗关系不大。晨风奋翅高飞是一种苦心,诗人见鸟飞而痛感自己难以奋飞也是一种苦心,都与女子见弃之忧无关。对于蟋蟀而言,局促是岁暮到来,生命将尽;对于人来说,局促是生命短暂,快乐稀少,这也都不是良士自勉之意。且二句都不含有《毛诗序》所谓讥刺之意。之所以用《诗经》篇名,仅是为显示一种文人修养,并造成工整的对偶。此时用典意识初兴,还不会十分深曲。 五臣注济曰:"晨风,鹰鹞属,志逐鸟也。而贤人怀苦心,将欲逐小人如鹰之逐鸟也。蟋蟀,《诗》篇名也。言君局促不中礼,不能去小人,使其蔽贤而不知之。"按:此以汉儒解《诗》之法释古诗,不可信。

⑤荡涤:扫除忧愁。放情志:敞开胸怀。何为:为什么。结束:约束。方廷珪曰:"结束犹拘束。放情志谓将百忧除去,起下思为燕赵之游。"五臣注良曰:"君当去谗佞,行威惠,是荡涤情志也。左右置小人,佞谗不止,是自结束也。"不可信。

⑥燕赵:战国时的两个国家,燕国都城在今北京大兴,赵国都城在今河北邯郸。佳人:美人。颜如玉:容颜如玉。马茂元注:"如玉,形容肤色的洁白。《诗·召南·野有死麕》:'白茅纯束,有女如玉。'"李斯《谏逐客书》:"而随俗雅化,佳冶窈窕,赵女不立于侧也。"可见赵国女子在战国时就以美貌著称。马茂元引《史记·货殖列传》曰:"今夫赵女郑姬,设形容,揳鸣琴,揄长袂,蹑利屣,目挑心招,出不远千里,不择老少者,奔富厚也。"说明西汉时已有原赵国地区的女子在远方大城市从事歌舞娱人的工作。

李善注:"燕、赵,二国名也。《楚辞·九歌·湘夫人》曰:闻佳人兮召予。《神女赋》曰:苞温润之玉颜。"五臣注翰曰:"佳人,贤人也。如玉,谓有美德也。所以言燕赵者,非独此二国有贤,盖为其国出美女,故托言之,以隐文意。"马茂元曰:"从'被服罗裳衣,当户理清曲'二句完全可以肯定诗中的'佳人'是以歌唱娱客为职业的倡家女。"按:诗中燕赵佳人显然是欣赏对象而非自比,应以马说为是。

⑦被(pī)服:穿着。裳(cháng)衣:即衣裳,在上为衣,在下为裳。当户:对着门。理:练习演奏。李善注:"如淳《汉书注》曰:今乐家五日一习乐,为理乐也。" 清曲:马茂元注:"《清商曲》的调名,《清调曲》的简称。《清商曲》有《清调曲》《平调曲》《瑟调曲》,称为清商三调。杜佑《通典》:'清商三调,并汉世以来旧曲。'是当时民间最流行的乐调。" 五臣注铣曰:"罗裳衣,喻有礼仪也。当户,谓志慕明也。理清曲,谓修学业也。"按:当户之解尤其不可信,贵族女子不可能当户示人,当户所谓开门纳客,能当户者,宜为倡家。

⑧音响一何悲:第五首《西北有高楼》亦有此句。弦急知柱促:琴弦紧绷着是由于固定弦的柱旋得太紧了,意思是弦柱紧绷,声调激越。张玉谷曰:"弦急柱促指瑟言。弦急由于柱促也。"马茂元注:"'弦急'和'柱促'都是表明弹者情感的激动。"　五臣注向曰:"响悲,谓悲君左右小人也。弦急,谓政令急也。知柱促,恐君祚将促也。"亦不可信。

⑨驰情整中带:心动神驰,不禁调整衣带,含有欲往的意思。李善注:"中带,中衣带。整带将欲从之。毛苌《诗传》曰:丹朱中衣。"将欲从之,将要前去。中:四部丛刊六臣本作"巾",校曰:"善作'中'。"宋刊明州六臣本、朝鲜活字六臣本作"巾",校曰:"善本作'中'字。"纪昀曰:"《仪礼》有中带。郑注:'中带若今之裤裆。'则作巾为误。"　沈(chén)吟聊踯躅(zhízhú):犹豫而又徘徊,克制感情的意思。沈,同沉。徐仁甫曰:"沈吟犹犹豫。《后汉书·隗嚣传》:'书至,沈吟十余日。'"李善注:"《说文》:踯躅,住足也。踯躅与蹢躅同。"　陆时雍曰:"驰情几往,敛襟怃然,语最贵美,至《闲情》则滥矣。"将"驰情整中带"释为几乎就要前去,与李善同,而将"沉吟""踯躅"释为发乎情止乎礼,认为此诗比陶渊明《闲情赋》更加克制。马茂元注:"由于听曲感心,不自觉地引起遐想、深思,反复沉吟,体味曲中的涵义,手在弄着衣带,足为之踯躅不前,完全被歌者的深沉的悲哀吸引住了。"则取消了这一层心理上的曲折。按:应以李善与陆时雍为是。曹旭注:"'驰情整中带'与'脱帽着帩头'同为形体语言。"此形体语言的意义就在于表现了一种细微的心理波动。　五臣注翰曰:"整其衣冠,将进用,复惧邪臣所中,故复沈吟也。踯躅,行不进貌。"中,中伤。按:五臣对原文的理解与李善相同,至于引申出的这些政治内涵,则不可信。

⑩巢:筑巢。马茂元注:"衔泥巢屋,意指同居。"五臣注良曰:"燕,驯善之鸟,故人臣自比,愿得亲君。"不可信。　陆时雍曰:"衔泥巢屋,是则

荡情放志之所为矣。跼足不伸,祇以自苦,百年有尽,无谓也。"按:这两句诗在荡情放志之外,还另有一种深情向往。燕赵佳人与异乡游子,正所谓"同是京都沦落人",感情上有所共鸣,也是极其自然的。

〔译文〕

　　洛阳东城高大而悠长,连绵不断延伸向远方。
　　疾风吹过撼动了大地,秋草仍然茂盛而碧绿。
　　四季更迭一切在变化,年终又到来多么迅速。
　　晨风高飞心怀着忧苦,蟋蟀低吟叹息着匆促。
　　扫荡了愁闷敞开胸怀,为什么还要自我约束?
　　燕赵之地有很多佳人,那最美丽的肤白如玉。
　　她们穿戴着华丽衣裳,当门弹奏着清商之曲。
　　激越的曲调多么悲痛,弦柱紧绷着弦声急促。
　　我心动神驰整顿衣带,想去见面又深思彷徨。
　　愿意成为双飞的燕子,衔泥筑巢在你的屋梁。

十三 驱车上东门

无名氏

[题解]

　　张庚曰："此达人自言其所得也。"张玉谷曰："此警妄求长生之诗。"所谓"达"，所谓"警"，都只说对了一半。刘履曰："与其逆理以求生，不若奉身以自养，斯亦不失顺正俟命之义欤？"又解释得过于理学化了，把汉人说成了宋人的样子。王世贞曰："'服食求神仙，多为药所误'，亦不得已而归之酒，曰：'不如饮美酒，被服纨与素。'至于被服纨素，其趣愈悲，而其情益可怜矣！"这才抓住了要害，诗人故为通达，而内心则是感慨难平。马茂元曰："这首诗，是流荡在洛阳的游子，因看到北邙山坟墓而触发的人生慨叹。生命无常，及时行乐，是《十九首》里最常见的思想，而表现在这首诗里最为深透。"

　　北邙山是古诗中一个充满悲剧性的意象。那些埋葬在这里的人，正是因为生前享尽富贵，死后却更加显得凄凉。在萧萧白杨之下，死者沉入了黄泉地府，那里没有光亮，永远是昏暗的长夜，一旦睡去就再也不能醒来。后来陶渊明的《挽歌》三首显然就是从这首诗中化出的。但陶诗重点是写死，此诗却是由死及生。在宇宙阴阳的浩大运行中，生命只是一个极小的变数，就是圣人贤人也不能免于一死，因此进德修业并没有什么意义。如果真能得道成仙，那也不失为一种慰藉，然而那些人不仅没有成仙，反而被丹药毒死。生命如此短暂，而富贵、美德、长生都是虚妄的，不足以肯定或增加人生的价值，于是就只有享受人生，及时行乐。此诗对生命的看法极为悲观，另一方面却也极为清醒，是否定之否定尚未完成的状态。等六朝人翻过这座生命的高山，唐宋人再回头看时，就会以更加积极理性的态度来面对人生了。

《乐府诗集》将此诗收入《杂歌谣辞》，题为"驱车上东门行"。

驱车上东门,遥望郭北墓①。

白杨何萧萧,松柏夹广路②。

下有陈死人,杳杳即长暮③。

潜寐黄泉下,千载永不寤④。

浩浩阴阳移,年命如朝露⑤。

人生忽如寄,寿无金石固⑥。

万岁更相送,圣贤莫能度⑦。

服食求神仙,多为药所误⑧。

不如饮美酒,被服纨与素⑨。

〔注释〕

①驱车:驾车。《古诗十九首》总题下李善注引作"驱马"。胡克家曰:"马当作车,各本皆误。" 上东门:阮籍《咏怀》有"步出上东门,北望首阳岑",该诗李善注引《河南郡图经》曰:"(洛阳)东有三门,最北头曰上东门。"则上东门为洛阳城东三座城门中最北的一座。上,不是去的意思。吴淇提出上东门在长安,并据此认为此诗是西汉的诗:"上东乃长安东门之名,李斯牵黄犬逐狡兔即此。盖西都人诗。"朱珔曰:"长安东面三门,见《水经注》,无上东门之名。"则吴说不可靠。 郭北墓:洛阳城北的北邙山上的坟墓。郭,外城。李善注:"应劭《风俗通》曰:葬于郭北,北首,求诸幽之道也。"马茂元注:"东汉光武帝建武十一年,城阳恭王刘祉死,葬于北邙,其后王侯卿相亦多葬此,遂成为著名的公墓地带。"

②白杨、松柏:都是墓地上常种的树木。萧萧:风吹树叶的悲声。隋树森注:"白杨叶圆如杏,有钝锯齿,面青背白,叶柄长,故易摇动,虽遇微

风,其叶亦动,声萧瑟,殊悲惨。"广路:坟墓前的宽广墓道,可见是贵族身份。 李善注:"《白虎通》曰:庶人无坟,树以杨柳。《楚辞·九歌·山鬼》曰:风飒飒兮木萧萧。仲长子《昌言》曰:古之葬者,松柏梧桐,以识其坟也。"马茂元注引《太平御览》:"《礼系》曰:天子坟树松,诸侯树柏,卿大夫树杨,士树榆,尊卑差也。"树,种植。按:据此,则坟上树木也有贵贱之分,但实际执行起来可能没有这么严格。《十五从军征》:"遥望是君家,松柏冢累累。"但这显然不是天子或诸侯之冢。

③陈死人:死了很久的人。杳杳(yǎo):幽深的样子。即:靠近,进入。长暮:坟墓中永是黑夜。 李善注:"《庄子》曰:人而无人道,是之谓陈人也。郭象曰:陈,久也。《楚辞·九辩》曰:去白日之昭昭(兮),袭长夜之悠悠。'"五臣注向曰:"杳杳,幽暗也。即,就也。长暮,谓墓中长暗也。"马茂元注:"后世谓坟墓为夜台,就是这个意思。"

④潜寐:潜,隐藏在水中。寐(mèi),睡着。四部丛刊六臣本校曰:"五臣作'寐潜'。"宋刊明州六臣本、朝鲜活字六臣本作"寐潜",校曰:"善本作'潜寐'字。""寐潜"亦通。黄泉:黄土下的泉水,指人死后埋在地下。李善注:"服虔《左氏传注》:天玄地黄,泉在地中,故言黄泉。"马茂元注:"古代以白、青、黑、赤、黄五色,分属金、木、水、火、土五行。地为土,故色黄。" 永不寤(wù):永不醒来。五臣注铣曰:"寤,觉也。"马茂元注:"后世把死叫作长眠,就是这样的用意。" 朱筠曰:"此处越说得狠,下文越感慨得透。"陶渊明《挽歌》:"幽室一已闭,千年不复朝。"应是从此化出。

⑤浩浩:水流盛大。阴阳移:阴阳转化,指时间流逝及其引起的一系列盛衰变化。年命:寿命。如朝露:早晨的露水,极言生命短暂。 李善注:"《神农本草》曰:春夏为阳,秋冬为阴。《庄子》曰:阴阳四时运行。《汉书》李陵谓苏武曰:人生如朝露。"五臣注翰曰:"浩浩,流貌。阴阳流转,人命如朝露之易干。" 按:将人生比作朝露,最触目惊心的是汉乐府

《薤(xiè)露》："薤上露,何易晞！露晞明朝更复落,人死一去何时归！"后来曹操《短歌行》也说："对酒当歌,人生几何。譬如朝露,去日苦多。"

⑥忽:迅速,飘忽,形容生命的偶然和不可把握。寄:寓居在家乡以外。李善注:"《尸子》:老莱子曰:人生于天地之间,寄也。寄者固归。"把人生在世比喻为客居他乡,人最终是要返回家乡的,这个家乡就是死亡。寿无金石固:人的身体没有金属和石头那样坚固,寿命不会像金石那样永久。五臣注良曰:"忽忽不知所终,皆如寄住于时。固,坚也。" 第三首《青青陵上柏》"人生天地间,忽如远行客",第四首《今日良宴会》"人生寄一世,奄忽若飘尘",第十一首《回车驾言迈》"人生非金石,岂能长寿考",皆与此诗命意相似,愈可见十九首各诗写作时代不会相去过远。

⑦万岁:千秋万代,自古以来。更(gēng)相送:一代为一代送葬,交替进行,含有将死亡视为远行的意思。更,更迭,交替。送,送行,送葬。圣贤:四部丛刊六臣本、宋刊明州六臣本、朝鲜活字六臣本作"贤圣"。度:超越,免于一死。《玉篇》曰:"度与渡通,过也。" 五臣注济曰:"万岁,谓自古也。自古于今,而生者送死,更递为之。虽贤圣不能度越此分也。"陶渊明《神释》:"三皇大圣人,今复在何处？彭祖爱永年,欲留不得住。老少同一死,贤愚无复数。"可视为对此诗的铺演。

⑧服食求神仙:吃丹药,以求长生不死。服、食,都是吃的意思,专指服用丹药。求,以求成为。隋树森注引《古今注》曰:"淮南服食求仙,遍礼方士。" 为(wèi):被。药:专指方士或道士用矿物炼制的丹药,不是一般药物。误:毒死。五臣注向曰:"服药失性,反害生也。" 曹旭曰:"'服食求神仙,多为药所误',是白死了很多人才得出来的真理。"诚哉斯言！

⑨被(pī)服纨(wán)与素:穿精美的衣服。被,即披,穿着。纨、素,都是白色的丝织品。李善注:"《范子》曰:白(白字衍)纨素出齐。"朱骏声《说文通训定声》:"素者绢之大名,纨则其细者。" 王国维曰:"'服食求

神仙,多为药所误。不如饮美酒,被服纨与素。'写情如此,方为不隔。"朱筠曰:"此诗另是一宗笔墨,一路喷泼,不可遏抑,韩潮苏海,皆本于此。"按:所谓"不隔"就是情真景真,淋漓尽致。将韩愈和苏轼的文风都追溯到此诗,未免言过。但此诗的确充满激情,喷珠溅玉,一波未平,一波又起。

〔译文〕

驱车出了洛阳上东门,遥望北邙山的公卿墓。
风吹白杨树萧萧作响,松柏护卫着宽广道路。
下面躺着陈年的死人,落入幽深昏暗的长暮。
沉睡在黄土泉水下面,千年后也再不会醒来。
阴阳浩荡而盛衰推移,生命短暂似清晨露珠。
人生飘忽如客居他乡,怎能赶得上金石坚固。
万年来生死交替相送,就是圣贤也不能超度。
吞服了丹药妄想成仙,那些人多被丹药毒死。
不如痛快地饮用美酒,穿起纨素裁成的华服。

十四　去者日以疏

无名氏

〔题解〕

王世贞曰:"此客异乡,因见古墓而思里闾者。"联系上一首诗推测,此所谓异乡,应该也是洛阳。陆时雍曰:"若富贵而思故乡,不若是之语悴而情悲也。"诗人在这名利场中茫无所得,走出城郭,只见荒坟,思乡之情就尤其强烈了。至于刘光蕡说:"当及时勉学,以保全此性。""若生不学,至死方悔,则'欲归道无因'矣。"认为此诗意在治学、养性,则引申太过,与原诗全不相关了。

此诗的情境与上一首相似,都是写见丘坟而兴起的一种感慨。只是上一首篇幅较长,思辨性更强,抒情也较为显豁,这一首却只是平平道出,更具有一种近似古乐府的质朴。不像十九首中绝大多数诗篇那样以写景或叙事起笔,此诗以两句较为抽象的人生感受起笔,比孟浩然的"人事有代谢,往来成古今"更具有概括性,尤其是经过"疏""亲"两字的点染,显得分外动人。以下所述丘坟景象大体都属于"去者",因见去者而思"来者",

于是珍惜生命,思念亲友,想要回家了。这种结构上的匠心却又不是一般古乐府所具有的。"古墓犁为田,松柏摧为薪"两句也值得注意,这两句将死亡悲苦的主题转换为沧桑变化的主题,去的去了,来的来了,苍苍凉凉又生生不息,别具一种哲理意味。

去者日以疏,生者日以亲①。

出郭门直视,但见丘与坟②。

古墓犁为田,松柏摧为薪③。

白杨多悲风,萧萧愁杀人④。

思还故里闾,欲归道无因⑤。

〔注释〕

①去者:即逝者,可涵盖逝去的时光、人和各种事物,但主要指逝去的人。日以:愈益,一天比一天。疏:疏远,淡漠,遗忘。两"以"字:四部丛刊六臣本校曰:"五臣作'已'。"宋刊明州六臣本、朝鲜活字六臣本作"已",校曰:"善本作'以'字。"已与以通。第一首《行行重行行》有"相去日已远,衣带日已缓"。　生者:活着的亲友,远方的亲友。生:四部丛刊六臣本作"来",校曰:"善作'生'。"宋刊明州六臣本、朝鲜活字六臣本作"来",校曰:"善本作'生'字。"作"来"亦通。来者:已经到来的,将要到来的人和各种事物,较"生者"涵义更加宽泛。亲:亲近,可爱,有归属感。　李善注:"《吕氏春秋》曰:死者弥久,生者弥疏。"按:《吕氏春秋》谓生者为死者守墓渐渐懈怠,似与此诗无关。　五臣注翰曰:"去者,谓死也。来者,谓生也。不见容貌,故疏也;欢爱终日,故亲也。"余冠英注:"去者,指逝去的日子,也就是少年。疏,远。""来者,指将来的日子,也就是老年。亲,近。以上二句是说青春日远一日,衰老日近一日。"按:两说皆通。依五臣注,则因痛感逝者日疏,转觉生者、来者日亲,含有珍惜人间生活的意味,是说诗人与他人的关系。依余注,则青春已成往事,老年日渐逼近,含有蹉跎无成的感慨,都是说诗人自己。　朱筠曰:"茫茫宇宙,去来二字括之;攘攘人群,亲疏二字括之。"按:这两句诗极富于概括力,看似平淡无奇,却不

是一般的乐府诗所能有。又笔调苍老，去来死生之间别含一种深情。李白《陪侍御叔华登楼歌》的名句"弃我去者，昨日之日不可留"或即从此化出。

②郭：外城。但：只。丘：山丘，也是指坟墓。"丘与坟"是复沓。徐仁甫曰："《方言》：'冢大者为丘。'""丘坟都有高大义。"李善注："《白虎通》曰：葬于城郭外何？死生异别，终始异居。" 马茂元曰："用'但见'不仅是写坟冢累累，别无所见，而且是说，毫无例外坟墓是人生的归宿。"按：这两句斩钉截铁，异常沉着。

③犁：用犁耕地。松柏：种植在墓地上，用以巩固墓土，且作标志，详见上一首《驱车上东门》注。摧：折断。薪：烧柴。五臣注铣曰："薪，柴樵也。谓年代久远，无主矣。" 马茂元曰："因'古墓犁为田，松柏摧为薪'而更进一步慨叹于沧海桑田的变迁，人死以后，连坟墓也不可能永久存留下去。"按：古墓，死之属；田，生之属；松柏，死之属；薪，生之属。这两句不只感叹死者被生者淡忘，所谓"去者日以疏"；也感叹人类生死相送，后人在埋葬前人的土地上继续生活，所谓"生者日以亲"。前句"但见丘与坟"说有生必有死，这两句倒折过来，写死亦滋生。略含将生死打成一片，等量齐观的意味。 陶渊明《拟古》："松柏为人伐，高坟互低昂。"可能是从此化出。

④悲风：凄凉的风。萧萧：详见前诗注。愁杀人：愁死人，使人非常忧愁。杀，煞。李善注："《楚辞·九章·哀郢》曰：哀江介之悲风（今本作'悲江介之遗风'）。（《楚辞·九怀》）又曰：秋风兮萧萧。" 曹旭注："'白杨秋风'意象由此始。"

⑤还：还归家乡。故里闾(lǘ)：旧日的家乡。故，此字含有深情。里，五家为邻，五邻为里。闾，里门。 陈柱曰："还与环通，谓愁思环绕故里，而无因得归也。若思还作思归解，则与下句欲归复矣。"马茂元注："还，通

环,环绕的意思。"徐仁甫曰:"'思还'即'思归',上下文异词同义,古人以此避复者多矣。陈说嫌拘。"按:不必通假,还与归是复沓。解作环则多一重梦绕魂牵的意味,更见巧思,但古诗本来质朴,未必如此。　道无因:无路可归。道,道路。因,由,从。陶渊明《示周续之祖企谢景夷三郎》诗有"道路邈何因"。　五臣注翰曰:"或曰人事迫切,或遭乱国故尔。"意为或因人事纠缠不能归,或因战乱道路断绝不能归。但张庚提出:"道字当作引导解。归有资斧,则因资斧为道(导);或归有附托,则因附托为道(导);两者俱无,所以久淹也。若作道路,则东西南北,犁然在目,何谓无因?"认为"道"字解作具体的"道路"则不通,解作抽象的"引导"(路费或贵人)才通。马茂元曰:"道字的涵义,极为广泛,可以作方法解。""据此,则'欲归道无因'是说想回家而没有回家的方法。""如作道路解,也很确切。在动乱的时代里,旅途中是会遭遇到许多障碍。"按:"道"有"引导"义,但不必解作引导,解作"方法"也略嫌绕远,解作"道路"即可涵盖人事与战乱两种原因。因战乱而路绝自不必说,因人事纠缠而不能归,即有路亦形同无路。　方东树曰:"末二句突转勒住,如收下坡之骏。"按:可谓斩截有力。

〔译文〕

逝去的日渐疏远,将来的日渐亲近。
走出城门满目中,只见山丘和荒坟。
古墓被耕成田地,松柏被砍作柴薪。
白杨树风声悲戚,萧萧地愁煞行人。
想回到旧日家乡,路断绝欲归无门。

十五　生年不满百

无名氏

[题解]

　　刘履曰:"此勉人及时为乐,且谓仙人难可与并,使之省悟。盖为贪吝无厌者发也。"方廷珪曰:"直以一杯冷水,浇财奴之背。"都强调此诗是嘲讽贪婪吝啬者。张庚曰:"结引王子乔而叹美之,一以唤醒怀犹者,一以自贤其所得也。"将题旨引到向往神仙一面。刘光蒉曰:"生年有限,所欲无穷,不如及时修道,夜以继日。大道自有真乐,何能当此错过?"又将题旨引向儒家的心性修养上去。实际上,看似达观的诗人就是他自己嘲笑的那个"怀犹者"。马茂元曰:"诗中所强调的,仍然是及时行乐的思想。"而及时行乐的背后是深沉的忧生之嗟。此诗部分辞句与汉乐府古辞《西门行》、晋乐府《西门行》都相重复,而与后者重复更多。朱彝尊据此错误地认定《古诗十九首》都是伪造的:"剪裁长短句作五言,移易其前后,杂糅置十九首中,没枚乘等姓名,概题曰古诗,要之皆出文选楼中诸学士之手也。"钱大昕批评他说:"或疑《生年不满百》一篇檃栝古乐府而成之,非汉人所作,是犹读魏武《短歌行》而疑《鹿鸣》之出于是也。岂其然哉!"今人余冠英分析认为,此诗是从汉乐府古辞演化出来,而晋乐府增添的部分则是以此诗为蓝本。

农业社会的传统是日出而作、日落而息,倒不是因为天人相亲,而是因为资源有限,想不这样也没有办法。过着夜以继日、通宵达旦的生活的通常有两种人,一种是商纣王那样荒淫无道的暴君,一种是关云长那样效忠家国的志士。此诗所写却是另一种,东汉后期一些失意的下层士人,他们没资格荒淫,大概也丧失了理想。对于他们来说,一生很短,一日就更短,天黑了,真应该手持蜡烛,继续白天的欢乐。要用有限的时间来换取欢乐,要用有限的金钱来换取欢乐。说要等待来年的都是傻瓜,舍不得钱财的都是蠢货。钱还在,人没了,还有什么比这更滑稽而辛酸的呢?这样看来,那些为千年以后的事情而忧心忡忡的,就更加是不明智的人。然而怀有这"千岁忧"的,既可能是眷恋妻儿的普通人,也可能是胸怀家国的忠臣义士。人类正是因为有这一层"千岁忧",才能延绵不绝,怎么可以轻易否定呢?人生的价值既在生前,也在身后,并不是多么难以理解的道理。诗中所说,实在是感愤之言,忧伤之辞。

生年不满百，常怀千岁忧①。
昼短苦夜长，何不秉烛游②。
为乐当及时，何能待来兹③？
愚者爱惜费，但为后世嗤④。
仙人王子乔，难可与等期⑤。

〔注释〕

①生年：生命的历程，寿命。怀：心中怀有。千岁忧：对死后很久的事情的忧虑，如个人的声名、子孙后代以及家国天下等。李善注："《孙卿子》曰：人生无百岁之寿，而有千岁之信士，何也？曰：以夫千岁之法自持者，是乃千岁之信士矣。"五臣注向曰："人生不满百年而营千岁之计，常以为忧也。" 吴淇曰："忧及千岁者，为子孙作马牛耳！"按：此所谓人之常情。曹旭注："千岁忧，对死亡的忧虑。"按：千年者非人寿可及，千岁忧不应是对死亡的忧虑。马茂元曰："乱世的人生，朝不保夕，即使老寿，也不满百年，正不必'怀千岁忧'，对未来许多问题做长远的考虑。"按：此是正解。若稍加分析，"千岁忧"应包含常情常理与非常之情理两个层次，常情常理则是普通人所挂念的身后名与子孙福等，非常之情理则是仁人志士所不能忘怀的立德立功立言等不朽之事。诗人之意，似乎既把遗金子孙看作是鄙陋，又把事业永存、声名不朽看作是虚妄。看似达观，实则不免逆情悖理，含有深深的愤慨和无奈。 陶渊明《九日闲居》诗有"世短意常多"，应是从此化出。

②苦：苦于，以……为苦。秉：持，拿。五臣注良曰："秉，执也。" 马茂元注："秉烛游，犹言作长夜之游。"并引《史记·殷本纪》与《魏公子列传》曰："这是一种纵情享乐的生活方式。"按：汉代城市生活还比较单调，

夜间应无甚可游,且秉烛游应在室内,游即相当于"饮",漫漫长夜所能游的无非酒色。这两句大概是说,即便贫贱如我辈,也未尝不可以像达官显贵那样为长夜之饮。 曹旭注:"曹丕《与吴质书》:'古人思秉烛夜游,良有以也。'当指此《生年不满百》中'昼短苦夜长,何不秉烛游?'由此可知,此类'古诗',非曹植所作;也非钟嵘所谓'建安中曹(植)、王(粲)所制'。李白《宴从弟桃花园序》:'古人秉烛夜游,良有以也。'" 开头这四句诗引起了后人很多的赞叹。陆时雍曰:"起四句名语创获。"方东树曰:"起四句奇情奇想,笔势峥嵘飞动。"王国维曰:"'生年不满百,常怀千岁忧。昼短苦夜长,何不秉烛游。'……写情如此,方为不隔。"按:这四句之所以动人,在于兼具达观与深情,又极为温厚蕴藉,说出了人人心中所有而未尝意识到的那一点儿隐痛。

③为乐:寻欢作乐。何能:怎能。来兹:来年。李善注:"《吕氏春秋》曰:今兹美禾,来兹美麦。高诱曰:兹,年。"五臣注济曰:"来兹,谓后期也。"隋树森注引《鹤林玉露补遗》:"《公羊传》:'诸侯有疾曰负兹。'注:'兹,新生草也。'一年草生一番,故以兹为年。"

④爱惜:吝啬,舍不得。费:费用,金钱。但:只,徒然。后世:后代的人,包括子孙。嗤(chī):嘲笑。李善注:"《说文》曰:嗤,笑也。" 五臣注翰曰:"至愚之人皆爱惜其财,不为费用。一朝死灭,为后世所笑。"按:此即今日滑稽戏所说的:人死了,钱还在。张庚曰:"不惟旁人嗤其愚,即子孙之挥霍,亦是嗤其徒自苦耳。"按:这就更加令人感到辛酸了。劳碌一生,省吃俭用,所为何事,所为何人? 余冠英注:"秦始皇一方面要传二世三世以至千万世,一方面自己希求长生,求不死之药,就是作者所谓'常怀千岁忧'的'愚者'。"按:诗中"愚者"是指不舍得花钱享乐的人,并不是"常怀千岁忧"者。秦始皇是否在诗人嘲讽之列,也颇为可疑。秦始皇的行径,似乎不能算是"忧",而只是一种极度贪婪自私的权力"欲"。 李白

《将进酒》中的名句"主人何为言少钱,径须沽取对君酌",可能是受到了这两句诗的启发。

⑤仙:四部丛刊六臣本校曰:"善作'小'。"宋刊明州六臣本校曰:"善本作'小'字。"朝鲜活字六臣本校曰:"善本作'山'字。"小字、山字,皆应系传写之误。与:四部丛刊六臣本校曰:"五臣作'以'。"宋刊明州六臣本、朝鲜活字六臣本作"以",校曰:"善本作'与'字。"徐仁甫曰:"《西门行》曰:'自非仙人王子乔,计会寿命难与期。'可证仙作山,与作以,皆非。"王子乔:即周灵王太子晋,传说后来成仙。李善注:"《列仙传》曰:王子乔者,太子晋也。道人浮丘公接以上嵩高山。"　与等期:和他同样长寿,长生不死。五臣注向曰:"王子乔,仙人名。难可与之同为不死也。"马茂元注:"等,同也,指同样成为仙人。期,待也,指成仙之事不是一般人所能期待。"按:期,视为名词则为寿期、寿命,视为动词则为期待、奢望,皆通。张庚曰:"结引王子乔而叹美之。"马茂元曰:"就本句来说,也可以讲得通,但和通篇思想有抵触之处;而且这种企慕神仙的思想,在《古诗十九首》里是未曾出现过的。"按:诗人承认有仙人王子乔,仅自觉不能与之同耳,所以一面是叹美、向往,一面是断念、绝望。这本来就是矛盾的,而且不能因为是孤例就不承认其存在。《十九首》从汉乐府来,而在汉乐府中向往神仙的诗句并不稀奇。

〔译文〕

此生此世还不满百年,常怀抱上千年的烦忧。

黑夜比白昼更加漫长,何不持烛火继续遨游。

追寻欢乐真应当及时,怎能等来年春草又绿?

愚人吝惜这游乐花费,徒然让后人笑他呆痴。

仙人王子乔乘鹤飞去,凡人难和他一样寿期。

十六　凛凛岁云暮

无名氏

〔题解〕

刘履曰："此忠臣见弃，而其爱君忧国之心不能自已，故托妇人思念其夫而作是诗。"逻辑没有问题，只是在文本中找不到根据，也没有明确的背景材料可以参证。张琦曰："此思友之辞。"张庚曰："此诗大抵客游无赖而思故人拯之。诗境极幽奥，反复讽诵，凄其欲绝。"此所谓友人、故人，可能是从"同袍"和"古欢"生发出来的，但又如何解释"锦衾"与"独宿"呢？张玉谷曰："此亦思妇之诗。"李因笃曰："空闺思归，曲尽其情。"从文本本身来看，大概就是这样。陈祚明曰："此诗言之尽矣。但良人之寡情，于言外见之，曾未斥言也。"就是说温柔敦厚，合于儒家的诗教。

这是一篇卓越的纪梦诗。诗从岁暮天寒写起，一笔兼写两面，一见游子漂泊，一见思妇孤独。以下都是思妇的口吻。她担心着游子没有寒衣，又怀疑他有了外遇。于是在一夜又一夜的辗转难眠之后，她终于在梦中见到了良人光辉的容颜。好在这良人并没有丧失了良心,他依然记得昔日的欢爱,驾着车回来接他的妻子来了。在恍惚的梦中,这一场景和当年结婚时新郎来迎娶新娘的场景混成了一片。思妇在梦中又变成了那个年轻娇羞的新娘,满脸满心的欢笑,拉着这个陌生而优雅的男人的手准备度过短暂而漫长的一生。但是,短暂的是春梦,漫长的是冬夜,醒来后思妇无比怅惘。没有翅膀,她怎能飞翔,仅能垂涕而已。此诗措辞略显雕琢,或可以说在十九首中这是最雕琢的一首,而抒情达意并无滞塞,仍不失真情流露。曹旭评曰:"中国文学写梦,截止《古诗十九首》的时代,此是写得最好的一首。"

《玉台新咏》收录此诗,列入《古诗八首》。

凛凛岁云暮，蝼蛄夕鸣悲①。

凉风率已厉，游子寒无衣②。

锦衾遗洛浦，同袍与我违③。

独宿累长夜，梦想见容辉④。

良人惟古欢，枉驾惠前绥⑤。

愿得常巧笑，携手同车归⑥。

既来不须臾，又不处重闱⑦。

亮无晨风翼，焉能凌风飞⑧？

眄睐以适意，引领遥相睎⑨。

徙倚怀感伤，垂涕沾双扉⑩。

〔注释〕

①凛凛：寒气袭人。岁云暮：一年将尽。马茂元注："云，语助词。在这儿有'将'的意思。"蝼蛄（lóugū）：一种褐色昆虫，俗称土狗、蝲蝲蛄。鸣悲：即悲鸣，为押韵而颠倒。 李善注："《说文》曰：凛，寒也。《毛诗·小雅·小明》曰：岁聿云暮（暮，今本作莫）。《方言》曰：南楚或谓蝼蛄为蝼。《广雅》曰：蝼，蝼蛄也。"五臣注铣曰："蝼蛄，寒吟虫也。此喻妇人思夫也。"按：蝼蛄叫声单调，远不若蟋蟀之有韵律，正可以比况思妇的寂寞无聊。 夕：四部丛刊五臣本校曰："五臣作'多'。"宋刊明州六臣本、朝鲜活字六臣本作"多"，校曰："善本作'夕'。"《玉台新咏》作"多"。隋树森引丁福保《全汉三国晋南北朝诗》校云："夕字与下文'独宿累长夜'相应，似胜于多字。"徐仁甫曰："蝼蛄喜夜鸣，故此诗云'蝼蛄夕鸣悲'，且与下文'独宿累长夜'相应。诗人体物不遗，夕字确不可易。"按：丁徐说是。蝼蛄喜

灯光,常见于晚上。可能是后人见夕与暮重复,遂改为多字。　　陶渊明《咏贫士》:"凄厉岁云暮,拥褐曝前轩。"造语与此相似。

②率:萧飒。刘履曰:"率,皆也。"余冠英注:"疾急貌。"徐仁甫曰:"'率'犹'飒'也。《汉书·东方朔传》:'率然高举。'颜师古注:'率然,犹飒然。'飒然正形容凉风之起。"徐说为是。已:相当于而。徐仁甫曰:"已同以,以犹且也。"厉:猛烈。　　李善注:"《礼记》曰:孟秋之月,凉风至。杜预《左氏传注》曰:厉,猛也。《毛诗·豳风·七月》曰:无衣无褐,何以卒岁。"五臣注良曰:"厉,严也。"按:见寒风而思游子,此所谓以身体之,将心比心,最显真情。　　曹旭注:"杜甫的《天末怀李白》:'凉风起天末,君子意如何?'即从此篇'凉风率已厉,游子寒无衣'来。"

③锦衾(qīn):被子的美称。李善注:"《毛诗·唐风·葛生》曰:角枕粲兮,锦衾烂兮。"遗:遗失,遗留。五臣注济曰:"遗,与也。"张玉谷曰:"遗,留也。"按:依五臣注,则遗应读(wèi),解为赠予,但锦衾似不适合作为男子给女子的礼物。依诗意,应是将锦衾留在某地,非赠给某人。洛浦(pǔ):洛水边,暗指洛水女神宓妃。屈原《离骚》和曹植《洛神赋》都写到男子和洛水女神宓妃的感情纠葛。这里暗指男子可能有了外遇。　　同袍:李善注:"(《诗经·秦风·无衣》)又曰:岂曰无衣,与子同袍。"本指战友、兄弟,此指夫妻。余冠英注:"袍,就是被褥,今名披风,古代行军者白天用来当衣穿,夜里用来当被盖。也叫'裯',《说文》:'裯,衣袍也。'《玉篇》:'裯,被也。'""本篇以'同袍'代同衾,指夫妻。"按:余注合理解释了同袍如何引申出夫妻之意。马茂元注:"同袍与结发或后来所说的同衾共枕意近。"违:分离,抛弃。　　五臣注济曰:"洛浦宓妃,喻美人也。同袍,谓夫妇也。言锦被赠与美人,而同袍之情与我相违也。"马茂元曰:"'锦衾遗洛浦'二句,仅仅是一种设想,和《行行重行行》篇的'浮云蔽白日'句用意相同。"按:马注极确,锦被云云,不可视为实写。　　吴淇曰:"言洛浦二女

与交甫素昧平生者也,尚有锦衾之遗,何与我同袍者,反遗我而去也?"按:此解十分新颖,只是郑交甫事不在洛水。张玉谷曰:"遗,留也。洛浦,宓妃所在,喻己处。言锦衾空留于此,无奈同袍不在也。"按:此解以思妇闺中自比洛浦,解决了锦被不适合赠人的问题,新颖可通。

④累长夜:一夜又一夜。马茂元注:"累,积累,增加。"容辉:梦中显出光辉的容貌,指丈夫。辉:《玉台新咏》作"晖",又作"煇"。辉与煇可通用,晖意为阳光,不可通用。

⑤良人:女子对丈夫的尊称。李善注:"《孟子》曰:齐人一妻一妾而处室者,其良人出,必厌酒肉。刘熙曰:妇人称夫曰良人。"五臣注翰曰:"妇人呼夫为良人,尊之也。" 惟:思念。也可解为还是。古:即故,过去的。欢:欢爱,喜欢的人。五臣注翰曰:"惟,思。古,旧。"马茂元注:"惟古欢,犹言念旧情。"徐仁甫曰:"'惟'犹'犹'也。""谓良人犹故欢,即良人尚还是旧日的良人。"按:古欢,既可指昔日欢爱之情,也可指同享欢爱之人,即思妇自指。徐说亦通,则古欢指良人,因在南朝民歌中,"欢"主要是女子对情人的称呼。欢:尤袤刻李善本作"懽"。四部丛刊六臣本作"懽",校曰:"五臣作'歡'。"宋刊明州六臣本、朝鲜活字六臣本作"歡",校曰:"善本作'懽'字。"懽与歡音义相同。今改为通行简化字。 枉驾:屈尊驾车前来。枉,委屈自己,敬辞。驾,车驾。惠前绥:丈夫把绳子递给我,拉我上车。惠,给我恩惠,敬辞。绥,拉人上车的绳子。这是梦中想起的结婚时的礼仪。李善注:"良人念昔之欢爱,故枉驾而迎己,惠以前绥,欲令升车也。故下云'携手同车'。《礼记》曰:婚出御妇车,而婿授绥,御轮三周。"五臣注翰曰:"惠,授也。独宿累夜,梦想见夫,思我旧欢初合之日也。婿为妇驾车授绥,故云惠前绥。凡初婚之礼,婿御妇车,而妇授绥与婿,称绥而上,同坐车中而御车。绥,条绳也。" 方廷珪曰:"以下皆梦中之景,写得迷迷离离。"

⑥愿得：希望。常：《玉台新咏》作"长"，亦通。马茂元注："因为所写的是暂时的梦境，所以说'愿得常'。"巧笑：李善注："《毛诗·卫风·硕人》曰：巧笑倩兮。"马茂元注："巧笑是妇女一种美的姿态，这儿是对丈夫亲昵的表情。" 携手同车归：语出《诗经·邶风·北风》："惠而好我，携手同归。"又《诗经·郑风·有女同车》："有女同车，颜如舜华。"五臣注向曰："同车为御，愿得常爱巧笑，同车而归。妇人谓嫁曰归。"按：此解归字有回家、出嫁两种含义。梦中之归，似是新婚情景再现，宜解为出嫁；同时因梦境迷离，又不免含有婚后的幸福生活愿望，故亦可解为回家。 余冠英注："以上二句是良人的话。这是梦中所闻。"按：余说亦通，但解为良人的话似不如解为思妇的心声。

⑦既来不须臾：丈夫进入梦中没有一会儿梦就醒了。既，已经。须臾，一会儿。李善注："《楚辞·九章·哀郢》曰：何须臾而忘反。" 胡绍煐曰："须臾犹逍遥，善引《楚辞》意同，不作俄顷解。"按：《离骚》："折若木以拂日兮，聊逍遥以相羊。"王逸注："逍遥，一作须臾。"是须臾有逍遥之意。然《哀郢》："羌灵魂之欲归兮，何须臾而忘反？"王逸注："倚住顾望，常欲去也。"释义较为模糊。姜亮夫《屈原赋今译》："何能逍遥自在而一日忘返。"马茂元《楚辞选》："须臾，最短暂的时间。"则注引《哀郢》句中须臾未必是逍遥之意。从上下文看，此须臾即是时间极短的意思，解为逍遥过于曲折。同时古诗《良时不再至》："良时不再至，离别在须臾。"即此意。又相当于'斯须'。上诗："长当从此别，且复立斯须。" 张玉谷曰："既来，既来夫家也。此梦初嫁时事。"此解亦通。 又不处重闱(wéi)：醒来发现丈夫已不在我的深闺中。闱，女子闺房的门。五臣注铣曰："既梦中见与同车，不经须臾之间乃去，又不处重闱之中也。闱，闺门也。"马茂元注："《饮马长城窟行》：'梦见在我傍，忽觉在他乡。'与此同意。" 张玉谷曰："撰出一初嫁来归之梦，叙得情深义重，惝恍得神，中腰有此波澜，便增多

少气色。"按:这一段梦境的描写色调明亮而又迷离,与开篇清冷的景象构成对比。

⑧亮:信,的确。《玉台新咏》作"谅",与亮通。晨风:鹰隼一类的猛禽。《玉台新咏》或作"鴪"。段玉裁《说文解字注》:"(鴪,)《毛诗》作晨,古文假借。" 凌:乘。四部丛刊六臣本校曰:"五臣作'陵'。"宋刊明州六臣本、朝鲜活字六臣本作"陵",校曰:"善本作'凌'字。"凌与陵可通。李善注:"《尔雅》曰:晨风,鴪也。《庄子》曰:鹊凌风而起。" 五臣注良曰:"亮,信也。晨风,鸟名,飞疾也。信无此鸟疾翼,何能陵风而飞以随夫去。"余冠英注:"以上四句是说良人既来,顷刻间就不见了,又不曾进屋子。难道他会飞走吗?这是梦中所想。"按:余注设想过于新奇,仍应以五臣注为是。

⑨眄睐(miǎnlài):斜视。适意:排遣愁闷。引领:伸长脖子。睎(xī):远望。五臣注济曰:"眄睐,邪视也。言邪视以宽适其意。引领,远相望也。睎,望也。" 宋刊明州六臣本、朝鲜活字六臣本校曰:"善本无此二句。"胡克家曰:"依文义恐不当有。"徐仁甫曰:"此诗写夜中情景,眄睐引领,不合事实。且二句纤弱,与全诗刚健不相称,其为校增无疑。"按:此二句应予保留。古诗成于众手,经前后增删,文本错杂应是常态,或李善所见版本与五臣所见不同。从风格上说,此二句虽略显雕琢,然与全诗大体一致。从结构上说,前后脉络连贯,如去此二句则前后过渡不免突然。从音韵说,上联韵字"飞"与下联韵字"扉"皆属帮扭微部,如去此二句,读来略嫌黏滞。 陈祚明曰:"眄睐以适意,犹言'远望可以当归',无聊之极思也。"

⑩徙倚(xǐyǐ):徘徊。隋树森注:"《楚辞·哀时命》曰:独徙倚而彷徉。王逸注曰:徙倚,犹低佪也。"垂涕:流泪。扉:门。五臣注瀚曰:"徙倚于门,自怀伤感,垂涕泪以沾双扉。扉,门扇也。" 余冠英注:"徘徊而泪湿

门扉似不近理,疑'扉'当作'屝'。屝是粗屦。凡草屦、麻屦、皮屦都叫屝。"马茂元注:"扉,门扇。上句'引领遥相睎',当然是倚门而立。低徊而无所见,内心感伤,'垂涕'自然就'沾双扉'了。"按:扉解为门扇没有问题,不必另作解释。 方东树曰:"'亮无'六句,因梦而思念深,杜公《梦李白》诗所从出。"按:指杜甫《梦李白》:"君今在罗网,何以有羽翼?"明显的区别在于,古诗所怀念的是许多人,杜诗所怀念的是"这一个"。各极其妙,皆感人至深。

〔译文〕

　　凛冽的寒气中一年将尽,夜色里蟋蟀的鸣声悲凄。
　　凉风飒飒而且猛烈彻骨,漂泊的游子还没有绵衣。
　　谁把锦被留在洛水边上,同袍的良人却与我分离。
　　一天又一天我长夜独宿,梦中又见你光辉的容颜。
　　良人你顾念着昔日欢爱,还像迎娶时递给我车绥。
　　我愿陪着你常笑语盈盈,想拉着你的手同车回家。
　　可这春梦只停留了一会,醒来时你并不在我房中。
　　可恨我没有晨风的羽翼,怎么能追随你凌风高飞?
　　斜视着窗外以排遣忧愁,又伸长了颈项倚门远望。
　　徘徊着心中盛满了感伤,泪水流下来沾湿了门扉。

十七　孟冬寒气至

无名氏

〔题解〕

　　马茂元曰:"前篇是空床独宿所产生的梦想,本篇是星空怅望而引起的遥思。"难得五臣注(刘良)也认为:"此诗妇人思夫也。"张庚曰:"此妇人以君子久役不归而致其拳拳也。"如仅把"役"解释为行疫而不是兵役,也是恰当的。至刘履曰:"此君子忧世道之日衰,审出处之定分,以答或人之词。"且将"孟冬寒气至"视为"阴盛阳衰,君子道消,小人道长之时",将"仰观众星列"视为"群小之在朝,而贤者退处",将"三五明月满"视为"朝廷全盛气象",则解释得实在是过于郑重了。

　　在十九首中,这又是一篇比较特别的诗。入冬天气转寒,愁多人不能寐,于是仰观众星,诗以略显庄重的文人语调起笔。而"三五明月满,四五詹兔缺",忽由众星而涉笔月圆月缺,一种活泼之气迎面而来,文人语调就变成了乐府民歌的轻快调子。于是远客上场,书札现身,"上言长相思,下言久离别",情意深长,措辞朴拙,莫不与印象中的乐府如出一辙。只是"三岁字不灭"

的神来之笔已不辨文人诗还是乐府诗了。结尾笔锋再转,"一心抱区区,惧君不识察",又似乎伤心人别有怀抱,不再是乐府意味。此诗可以视为乐府诗蜕变为文人诗的一颗活化石。

《玉台新咏》收录此诗,列入《古诗八首》。

孟冬寒气至,北风何惨慄①。

愁多知夜长,仰观众星列②。

三五明月满,四五詹兔缺③。

客从远方来,遗我一书札④。

上言长相思,下言久离别⑤。

置书怀袖中,三岁字不灭⑥。

一心抱区区,惧君不识察⑦。

〔注释〕

①孟冬:初冬十月。何:多么。惨慄(lì):寒风凛冽。《说文解字》未收慄字。《经籍纂诂》:"(慄,)通作栗。"五臣注良曰:"惨慄,寒极也。"马茂元注:"惨,心情不舒畅。栗,冷得发抖。这一词是兼指心理上和生理上的感受。" 李善注:"《毛诗·豳风·七月》曰:二之日栗冽。毛苌曰:栗冽,寒气也。"胡绍煐曰:"依(李善)注,则正文当作'栗冽',与列、缺、灭、察韵。作'惨慄'非。"按:胡考言之成理,然不必改字。《文选》与《玉台新咏》各本无作"栗冽"者,而作"惨慄"则文意无不通处。李善注重在释事,仅是刺取经典中用语之相近者而已,不必尽合于诗。至五臣注释义而不释事,故径释诗中原文。《古诗十九首》处在上古音向中古音过渡的时代,在当时"慄"字未必不可视为入韵。故原文虽有可能是"栗冽",但在没有版本根据的情况下,仍不宜改字。 马茂元曰:"十月天是寒冷的开始,照一般情况说,还不至使人有这样的感觉。诗人用惊叹的语气作出夸大的形容,主要是为了表现思妇凄凉寂寞的心情。"按:对于读者来说,或略显夸张;对于思妇来说,正是心理写实。

②知:感到。夜长:时已入冬,夜开始变长。五臣注向曰:"愁多不眠,

故知夜长。列,罗列也。"吴淇曰:"冬之夜自是长,无愁不觉得,愁多偏觉得。"余冠英注:"冬夜漫漫,愁人不寐,往往是望星望月地度过。" 陶渊明《杂诗》:"气变悟时易,不眠知夕永。"应是从此化出。

　　③三五:十五日。四五:二十日。詹(chán)兔:月亮的别称。詹,蟾蜍。五臣注铣曰:"三五,谓十五日也。四五,谓二十日。蟾兔,月中精,形至二十日缺。此感时月屡改,行人不至,喻人盛衰不常。"隋树森注引张衡《灵宪》曰:"月者阴精之宗,积而成兽,象兔。羿请无死之药于西王母,姮娥窃之以奔月,遂托身于月,是为蟾蜍。" 詹:四部丛刊六臣本作"蟾",校曰:"善作'詹'。"宋刊明州六臣本、朝鲜活字六臣本作"蟾",校曰:"善本作'詹'字。"李善注:"《礼记》曰:地秉阴窍于山川,播五行于四时,和而后月生也,是以三五而盈,三(按,四部丛刊六臣本误改三为四)五而阙。《春秋元命苞》曰:月之为言阙也。两说以詹诸与兔。然詹与占同,古字通。" 胡克家曰:"'詹'当作'占'。注云:'然詹与占同,古字通。'善意谓《元命苞》之'詹'与此诗之'占'同,而古字通也。其作'占'明甚。后《七命》注所引,正是'占'字。各本所见善作'詹',皆误用《元命苞》'詹'改正文'占',而注语不可通。重刻茶陵又并改注'占'为'蟾',而善之'占'字几亡矣。幸袁、尤二本注不误,得以考正。又'詹诸'字《说文》及《淮南子·说林训》皆如此,与《元命苞》正同。五臣乃必改为'蟾'字,甚矣其不通乎古也。" 按:胡考是,据李善注,此诗原文"詹"应作"占",作"詹"是误改,作"蟾"是进一步的误改。不过意思都是一样的,都是指蟾蜍。李善注引《春秋元命苞》中的"詹诸"就是蟾蜍。又,李善注引《春秋元命苞》文句不通。据胡绍煐考证,《太平御览》引《春秋元命苞》曰:"月之为言缺也。两设以蟾蜍与兔者,阴阳双居。"李善注中的"说"字为"设"之误。意为蟾蜍属阳,兔属阴,故两设之,以调和阴阳。 吴淇曰:"追数从前圆缺,亦是前诗'独宿累长夜'的'累'字意。"张庚说得更清楚:"因见'众星列'而追数从前之月圆月缺,不知经历多

少孤悽之夜矣,以见别离之久。"按:不必分析得如此郑重。三五、四五是轻快的民歌口吻,称明月为詹兔是比较俏皮的。这两句也有起兴的意味。曹旭曰:"至唐代诗人韦应物,则是'闻道欲来相问讯,西楼望月几回圆'了。"

④客:泛指某人。马茂元注:"客,主的对称,这儿是泛指第三者。"遗(wèi):给,捎回。书札:书信。李善注:"《说文》曰:札,牒也。"五臣注铣曰:"札,笔也,谓书也。"马茂元注:"古无纸,文字写在小木简上,叫作札。"

李因笃曰:"'客从远方来'以下,清夜追思往事也。必如此看,下文始安,而上一段亦有著落。"朱筠曰:"此首前半与上首同意,至'客从远方来',别开境界,别诉怀抱,所谓无聊中无端怀旧,亦欲借以排遣也。"按:二说精当。而从《古诗十九首》成于众手的角度看,此诗如此写法,可能是缘于不同文本的连缀,因其个人风格模糊,故能不露痕迹。

⑤上、下:开头和结尾。五臣注翰曰:"上,谓书初首。下,谓书末后。"马茂元注:"这是以上下概括全书的主要内容。"曹旭注:"'上言''下言'概括全札,非札中唯有'长相思''久离别'六字,而是读后最令思妇激动的两方面内容。"按:上下应是互文见义,意为整篇书信都弥漫着相思离别之情。 徐仁甫曰:"此两句借对方以明己'愁多知夜长'之故,言己亦因久离别而长相思也。本因离别而相思,诗先言相思,后言离别者,乃倒次以协韵。而上下二字,谓之互误,可;谓之虚位不必执著,亦可。"按:相思、离别,解为颠倒协韵,可;解为感情关注点之先后,亦可。思妇看信,必先注意相思,后念及离别。上下不必是"互误",解为"虚位不必执著"即可。

⑥置书怀袖中:把信放在怀中袖中。古人常把东西放在袖子里。三岁:泛指几年。字不灭:字不磨灭。 李善注:"《韩诗外传》曰:赵简子少子名无恤,简子自为书牍使诵之。居三年,简子坐青台之上,问书所在。无恤出其书于左袂,令诵习焉。"按:此注实与诗意无关。五臣注向曰:"言置于怀袖,久而不灭,敬重之至。"按:既表示思妇十分珍爱游子的书信,也

表示游子的一番深情不灭，或思妇希望游子深情不变。　马茂元曰："一书之微，藏之三年，是实叙；把它放在'怀袖中'，三年之久，字迹不灭，是虚写。"按：字迹不灭的确是虚写。古人以墨写字，墨的主要成分是碳，经过千百年都是不会磨灭的。这样说突显感情的深挚。曹旭注："'字不灭'侧写爱人及物，与'馨香盈怀袖'同意。"

⑦抱：怀有。区区：拳拳的心意，诚恳的感情。李善注："李陵与苏武书曰：区区之心，窃慕此尔。《广雅》曰：区区，爱也。"徐仁甫曰："《广雅·释训》：'拳拳、区区、款款，爱也。'是区区犹拳拳、款款也。'一心抱区区'，即一心抱拳拳，一心抱款款。换言之，我心专一诚恳，但恐君不知耳，故曰惧君不识察。"　识察：体会到。五臣注铣曰："识，知也。敬重之心，常抱区区，惧夫之不知察也。"按：此心非"敬重之心"，而是眷恋之心。　沈德潜曰："置书怀袖，亲之也；三岁不灭，永之也。然区区之诚，君岂能察识哉！用意措词，微而婉矣。"按：所谓"微而婉"，似乎是怨对方薄情的意思。然而，爱一个人总是希望对方知道，又常疑神疑鬼，担心对方不知道，即使明知对方知道了，还是担心对方体会得不够深切，不能将心比心。此诗所写，未必是男子薄情，而是女子过于深情了。

[译文]

初冬十月天寒气袭来，听北风呼啸多么凛冽。
愁绪浩渺觉冬夜漫长，仰头观天宇众星罗列。
每逢十五日明月圆满，二十日蟾兔始有残缺。
犹记有人从远方归来，带给我一通珍贵信札。
上面诉说着不尽相思，下面诉说着长久离别。
把信札放在我的怀里，三年后字都没有磨灭。
心中这一点拳拳之情，恐怕你不能珍惜体察。

十八　客从远方来

无名氏

〔题解〕

　　朱筠曰："此首仍接上首而深言之。"马茂元曰："（这首诗）十分明朗地表现了乱离时代里坚定不移的伉俪深情。"但是古人常不愿意这样看。刘履大概是见到"故人"的字样，就断定："此言朋友道合，不以相去之远而有间。"吴淇并将其推演得神乎其神："此诗乃君子'以文会友，以友辅仁'注脚。客从远来，会友也；绮上文采，以文也；友之遗我，出于友之心，是友之文，即友之仁也；以胶投漆，不能离别，以友辅仁也。然友之遗我，只一绮耳，而我裁而为被，著之缘之，踵事增华，全在乎我。故曰：'为仁由己，而由人乎哉？'"完全变成了一篇《论语》的讲义。

　　此诗被萧统和徐陵视为"古诗"而选入《文选》和《玉台新咏》，令人略感意外。从题材到格调，此诗几乎完全是一副"乐府诗"的样子。丈夫从远方捎回了半匹绮罗，把家中的妻子哄得喜不自胜。她看见绮罗上的鸳鸯纹饰，马上就想到要把这绮罗裁剪成合欢被。鸳鸯与合欢都是夫妇亲密关系的象征。又想到要在被子里填入丝绵，一种由蚕茧制成的絮状物，在被子的四周缝上兼具实用性和装饰性的花边。但她不说丝绵，而说"长相思"，不说打结，而说"结不解"，都是一语双关，把她的一腔柔情和盘托出。这还不够，她还把自己和丈夫的感情比作胶和漆，就是说精神和肉体都要合二为一，无比亲密，无比热烈。读罢不禁感慨，做一个男人真是便宜，只投了半匹绮罗就激发了一座热情的火山，完全不是"投我以木瓜，报之以琼瑶"之可比。此诗格调太过于轻快活泼，游子漂泊之悲、思妇独居之苦都杳无踪影，怎能不令人生疑——这还是"古诗十九首"吗？吴淇曰："《十九首》俱古诗，惟此一首稍似乐府，然却作乐府不得，毕竟是古诗。"理由大概是有所寄托，然而实际上此诗无所寄托，视为乐府也未为不可。曹旭曰："此诗出现，到了组诗要谢幕前的团圆；预示整个组诗就要落幕了。"

《玉台新咏》收录此诗，列入《古诗八首》。

客从远方来，遗我一端绮^①。
相去万余里，故人心尚尔^②。
文彩双鸳鸯，裁为合欢被^③。
著以长相思，缘以结不解^④。
以胶投漆中，谁能别离此^⑤？

〔注释〕

①客、遗（wèi）：皆见前诗之注。一端：半匹，长二丈。隋树森注引《左传·昭公二十六年》传注："二丈为一端，二端为一两，所谓匹也。"绮：五臣注翰曰："绮，罗之类。"马茂元注："织成彩色花纹的叫作'锦'，织成素色花纹的叫作'绮'。"按：绮虽素色，实有光泽，兴起的感情也就分外乐观明朗。故曹旭曰："此诗开门便是灿烂阳光。" 徐仁甫曰："'绮'字形是奇系，系即丝，丝即思，已开魏人'黄绢幼妇'绝妙隐语，全诗皆奇情奇想，双关喻意。"按："黄绢幼妇，外孙齑臼"是曹娥碑上的隐语，曹操与杨修解为"绝妙好辞"，出自《世说新语·捷悟》。徐说新颖，但原诗未必有此意。曹旭曰："此诗之后，'客从远方来，遗我一端绮'成为一种模式。""另有把'远方'落实地名者，如李白《金乡送韦八之西京》：'客自长安来，还归长安去。'韦应物的《长安遇冯著》：'客从东方来，衣上灞陵雨。'"

②相去：距离。故人：马茂元注："后世习用于朋友，指过去有交谊的友人。这儿是指远离久别的丈夫。" 尚尔：还这样。五臣注良曰："相与虽远，故心尚尔然也。"李善注："郑玄《毛诗笺》曰：尚，犹也。字书曰：尔，词之终耳。"胡克家校善注曰："各本衍'之终'二字。"则李善视"尔"为"词"，即语气词。隋树森注引《六书故》："尔者，'如是'之合言。"徐仁甫曰："'尔'为'如此'之合音，'尔''此'同古韵脂部叠韵字。故下文曰"谁

能别离此’，尔、此正协韵。'是'古韵在支部，与'尔'非叠韵。”“然此'尔'非语词。”即尔不是语气词，也不是“如是”的合言，而是“如此”的合音。张玉谷曰：“即就路远心诚，深致感激，十字中能写出无穷惊喜之情。”马茂元曰：“'故人心尚尔'点明了行迹的隔离，心情的契合，是全诗的核心。”又曰：“在'一端绮''双鸳鸯'之间插进了这两句，画龙点睛，使得前后精神贯注，气韵飞动。”按：这两句打断了正常的叙述，相当于插入一段心理描写，不只丰富了抒情的层次，而且顿挫有致，使全诗显得分外精神，的确是画龙点睛之笔。

③文彩：花纹。彩：《文选》李善与六臣各本作“绨”，《玉台新咏》作“彩”。绨为彩色丝织品的意思，彩则只是彩色的意思。二字不同而皆通。今改为通行字彩。鸳鸯：五臣注济曰：“绮上文彩为鸳鸯文。”隋树森注引毛苌《诗传》：“鸳鸯，匹鸟也。”马茂元曰：“'鸳鸯'是双栖的鸟，古人用以象征夫妇的同居，乐府《相和歌辞·相逢行》中的'鸳鸯七十二，罗列自成行'，《古诗为焦仲卿妻作》中的'中有双飞鸟，自名为鸳鸯'，都是这个意思。” 合欢被：五臣注济曰：“合欢被，以取同欢之意。”马茂元注：“合欢，又名'合昏''夜合''马樱花'。羽状复叶。一个大叶由多数小叶组合而成，这些小叶一到夜晚就合起来，因以得名。汉时凡是一种两面合起来的物件都称为合欢。乐府诗中如'裁为合欢扇'（《怨歌行》），'广袖合欢襦'（辛延年《羽林郎》），都是指扇和襦是两面合起来的。这里的'合欢被'，是指把绮裁成表里两面合起来的被，所以有合欢之义。象征夫妇同居的愿望。”余冠英注：“合欢，一种图案花纹的名称，这种花纹是象征和合欢乐的，凡器物有合欢文的往往就以合欢为名，如'合欢席''合欢扇''合欢被'等。”按：马说与余说略有不同，大概皆由合欢树得名，寓夫妇恩爱之意，而马说较为通脱。合欢被者，应是被之美称，如锦衾、牙床、绮窗、画角之类，不必绘有合欢的图案。欢：尤袤刻李善本作“懽”，四部丛刊六臣本、

宋刊明州六臣本、朝鲜活字六臣本作"歡"。懽与歡音义相同。今改为通行简化字。　朱筠曰："'文彩双鸳鸯,裁为合欢被',于不能合欢时作合欢想,口里是喜,心里是悲。"按:此首完全是喜,几乎没有悲的影子。所谓悲者,应是来自研读《古诗十九首》其他诗篇的经验,是阐释的惯性。

④著:在被子中填入丝绵。长相思:谐音双关,丝绵和思念。当时还没有棉花。缘:缝被子的四边。结不解:解不开的结,也是双关,缝被子打的结和夫妻感情的结。余冠英注:"这是用来象征爱情的,和同心结之类相似。"　李善注:"郑玄《仪礼注》曰:著,谓充之以絮也。著,张虑切。郑玄《礼记注》曰:缘,饰边也。缘,以绢反。"五臣注翰曰:"言被中著绵,谓长相思绵绵之意。缘,被四边缀以丝缕,结而不解之意。"隋树森注引赵德麟《侯鲭录》:"余得一古被,四边有缘,真此意也。"　朱筠曰:"更'著以长相思,缘以结不解',无中生有,奇绝幻绝。"按:以上裁制锦被的种种情事,的确都是思妇在欢愉心情中的设想,但不必说是"无中生有"。思妇常年累月的期盼,突然接到礼物时的巨大感动、欣慰、喜乐,都异常真实,而瞬时间形成的热烈幻想,就是从这期盼和感动、欣慰、喜乐中生发出来的,正是从"有"中所生,同样是非常真实的。可以说是生动新颖,却不好说是"奇绝幻绝"。　马茂元曰:"本篇'著以长相思,缘以结不解'二句,用双关语,显得工致贴切,精丽绝伦,在汉诗中是不可多得的。这不但说明了诗人真正能从民间文学吸取丰富的营养,而且就时代意义来说,这是东汉末年的产品,它在文学语言演进过程中,也是一个重要的标志。"徐仁甫曰:"六朝乐府惯用此种修辞法(按指双关),而此诗实有以启之。"

⑤以胶投漆中:胶和漆都是黏性物质,二者结合则十分坚牢,无法分开。别离:余冠英分释二字:"别,分开。离,离间。"但又说:"任何力量也不能将它分开。"马茂元曰:"别离就是分开的意思。"按:别离偏在别上,离间之义不显。李善注:"《韩诗外传》:子夏曰:实之与实,如胶与漆,君子不

可不留意也。"五臣注向曰:"以胶和漆,坚而不别也。"　张玉谷曰:"末二更算到同眠此被,永不相离之乐,而望其归来意,绝不少露,已在其中。解此正笔反用,自然意境空灵。说到同眠,易于伤雅,以'胶投漆中'比出,亦极蕴藉。"按:明代民歌《锁南枝·捏泥人》,咏唱将男女两个泥人摔破重捏,"哥哥身上也有妹妹,妹妹身上也有哥哥",与本诗"以胶投漆中"的比喻同一匠心,只是就没有这样蕴藉了。　张庚曰:"此与前篇后半相似。但不知何故,将前篇截去上六句,更不成篇;将此诗亦效前篇法加几句在头上,亦不成篇。其故在读者自得之。"按:其在汉时,这些古诗未必不是截长补短而形成,只是处在同一文化屋檐之下,诗人们递相润色即可成篇。然时过境迁,后人再想如法炮制就难于措手了。

〔译文〕

　　有位客人从远方归来,替你带给我半匹绮罗。
　　千里万里地相隔迢迢,你的心还没忘记了我。
　　绮罗上绣着一双鸳鸯,裁成合欢婆娑的锦被。
　　里面要填入相思绵絮,四周再缝上不解情结。
　　就像把胶投入了漆中,还有谁能把我们分隔?

十九　明月何皎皎

无名氏

[题解]

　　关于此诗主人公,有游子、思妇两说。方东树曰:"客子思归之作,语意明白。一出一入,情景如画。"刘履曰:"今详味其辞气,大概类妇人。"马茂元反对思妇说:"照这样说法,则全篇都是居者之词,只有'客行'两句是揣测对方的语气。寻绎上下文,非常勉强。"曹旭则支持思妇说:"这是一首女子在明月下思念远方游子的诗。""因为在外的男子自己不会说'客行虽云乐'。"两相比较,大概还是解释为游子思归比较自然,"客行虽云乐"是游子的自省。不过如吴闿生说:"此亦感慨不得意之作。思归,托词耳。"也说得通,思归的确是思归,但《古诗十九首》中有哪一首是得意的人写的?曹旭且提出一个问题:"两种选本(《文选》和《玉台新咏》)都把它放在最末一篇,一定不是偶然的排列,而有我们未能窥破的理由。"仅从诗篇本身来看,大概可以这样回答:此诗写久客思归。为客既久,功名之心也弱了,绮艳之想也淡了,人生短暂、及时行乐也不再说了,所有的心思都落到了思归上，——这不正是为十九首诗作总结的样子吗？

这是十九首中第三首写到月光的诗。第七首"明月皎夜光"感慨友情不坚，第十七首"三五明月满，四五詹兔缺"比况夫妻离合，此首则抒写久客思家。月光总是能引起人一种怅惘之情。诗人见月光而兴起忧愁，因忧愁而不能入眠，不能入眠而在室内外徘徊、彷徨，无所慰藉，最后泪下沾衣。如吴淇所说，"无甚意思，无甚异藻"，似乎没什么特别的，却也正是自然而然，清新动人。这一支"月光曲"传唱千年，曹丕的《燕歌行》(秋风萧瑟天气凉)和《杂诗》(漫漫秋夜长)、阮籍的《咏怀》其一(夜中不能寐)、李白的《静夜思》、苏轼的《记承天寺夜游》莫不由此生发。然而也未必，谁说写月光、写床榻、写披衣起行就一定是模拟《古诗十九首》呢？这就是中国古人的日常生活呀！《古诗十九首》给我们的艺术启示之一，就是把日常生活之美原原本本地写出来。如果说中国传统文化的魅力在于一种区别于宗教性的世俗性，那么从《诗经》到《古诗十九首》，从陶渊明、杜甫、苏轼再到《西厢记》和《红楼梦》，中国传统文学的魅力就在于这种富有意味的日常性吧！

《玉台新咏》收录此诗，题为"杂诗"，列在枚乘名下。

明月何皎皎，照我罗床帏①。

忧愁不能寐，揽衣起徘徊②。

客行虽云乐，不如早旋归③。

出户独彷徨，愁思当告谁④？

引领还入房，泪下沾裳衣⑤。

〔注释〕

①皎皎：明亮。李善注："《毛诗·陈风·月出》曰：月出皎兮。"罗：轻薄的丝织品。床帏(wéi)：床上的帷幔。五臣注铣曰："罗绮为帷，故曰罗床帏。"四部丛刊六臣本、宋刊明州六臣本、朝鲜活字六臣本作"牀帷"。牀与床音义相同，帷与帏可通用。　马茂元注："罗床帏，指罗制的帐子。罗质轻薄透光，所以睡在床上能见到明月的'皎皎'，以至引起愁思，不能成寐。""'床'，一作'裳'，误。'帏'的另一解释，是裳的正幅。《国语·郑语》：'王使妇人不帏而噪之。'如作'罗裳帏'，则'裳帏'就是指'裳'，即下衣，和上下文均不连属。"按：马说极是，'床'不应作'裳'。　徐仁甫曰："'照我罗床帏'，'床'字应在'罗'字上，谓明月照我床罗帏也。张(铣)注衍'床'字；床一作裳，盖因'罗床'不词，而改为'罗裳'，然'罗裳帏'亦不通。不知'床'字倒耳。"按："罗床帏"即罗制之床帏，并无不通。且五臣注与正文相同，"床"字不必颠倒。　吴淇曰："无限徘徊，虽主忧愁，实是明月逼来；若无明月，只是捶床捣枕而已，那得出户入房许多态？"张庚将其进一步概括为："忧愁为主，明月为因。"按：古人与自然相亲，诗兴往往由景物触发，所谓"愁因薄暮起，兴是清秋发"（孟浩然《秋登兰山寄张五》），又转而将情绪寄托于景物，所谓"我寄愁心与明月"（李白《闻王昌龄左迁龙标遥有此寄》），"明月逼来"与"明月为因"，大概即是这两层

意思。

②寐(mèi)：睡着。李善注："《毛诗·邶风·柏舟》曰：耿耿不寐。"按：此诗下句为"如有隐忧"。揽：拿起，披。徘徊：来回地走，也有犹豫不定的意思。五臣注济曰："徘徊，缓步于月庭也。" 朱筠曰："神情在'徘徊'二字。"按：徘徊不仅是不寐者的神情，实亦全诗之神情，即一种难言的心绪，所谓"如有隐忧"。

③客行：客居，很可能是在洛阳。《玉台新咏》作"行客"，误倒。旋：回转。李善注："《毛诗·小雅·黄鸟》曰：言旋言归。" 五臣注翰曰："夫之客行，虽以自乐，不如早归，以解我愁。"陈祚明曰："客行有何乐？故言乐者，言虽乐亦不如归，况不乐乎？"余冠英注："以上二句是望夫之词。客行乐不乐，闺中的人本不得而知，不过出门的人既然久久不归，猜想他或许有可乐之道。但即使可乐也不会比在家好，假如并不可乐，那就更应该回家来了。这两句诗是盼他回家，劝他回家，也可能有揣测他为何不回家的意思。"按：虽未必是望夫之词，但这两句诗中的曲曲折折，都被余注说出。

方东树曰："以'客行'二句横著中间，为主句归宿。"按：此写法与前诗"相去万余里，故人心尚尔"相似。 马茂元曰："这和乐府《相和歌·饮马长城窟行》所说的'枯桑知天风，海水知天寒。入门各自媚，谁肯相为言'，《艳歌行》所说的'石见何累累，远行不如归'的用意相似。"

④户：门。彷徨：义近徘徊。李善注："《毛诗序》曰：彷徨不忍去。"五臣注良曰："彷徨，行回旋，心不安貌。" 马茂元注："上文的'徘徊'，指室内；这里的'彷徨'，指'出户'。用同义词，是为了避免字面上的重复。"按：不只是消极地避免重复，也是有意的复沓。徘徊和彷徨都是叠韵连绵词，但音韵有别，因之表情效果也略有差异，徘徊更近于低吟轻诉，彷徨则有似于举头望月。

⑤引领：伸长脖颈，举头远望。还：仍，不是回的意思。徐仁甫曰：

"还，犹仍也。《史记·赵世家》：'王还不听秦。'《正义》曰：'还，犹仍也。'" 泪下：四部丛刊六臣本校曰："五臣作'下泪'。"宋刊明州六臣本、朝鲜活字六臣本作"下泪"，校曰："善本作'泪下'。"按："泪下"更自然，"下泪"较生硬。裳（cháng）衣：分而言之，上衣为衣，下衣为裳，合而言之，则泛指衣服。 马茂元注："裳衣，一作衣裳，不叶本韵，误倒。"余冠英注："'裳衣'，一作'衣裳'，与上句'引领还入房'为韵。"徐仁甫曰："'裳衣'当作'衣裳'。末二句换韵。曹丕既用'引领入房'，其《杂诗》二首之末'弃置勿复陈，客子常畏人'，亦末二句换韵。隋无名氏《鸡鸣歌》末二句'千门万户递鱼钥，宫中城上飞乌鹊'，亦然。"按："裳衣"用例，《诗经》两见，《齐风·东方未明》有"东方未晞，颠倒裳衣"，《豳风·东山》有"制彼裳衣，勿士行枚"。前第十二首《东城高且长》有"被服罗裳衣"。查郭锡良《汉字古音手册》，帏（帷）、徊、归、谁、衣、房、裳等字的上古音和中古音所属韵部分别是：微微（微脂）、微灰、微微、微脂、微末、阳阳、阳阳。据此，衣字应该是可以入韵的，不必颠倒裳衣二字，以求与房字协韵。古诗中末二句换韵的情况固然存在，但若以房、裳两个较为响亮的韵字收尾，就破坏了全诗的抒情效果。 张庚曰："当兹无可告语而入房，犹不遽入而延颈若有所望，又著一还字，言终无可告矣，只得入房也。"又曰："十句中层次井井，而一节紧一节，直有千回百折之势，百读不厌。"按：谓千回百折，不免夸张。此诗抒情中固然有如许曲折，但表现出来则鲜有痕迹，若以神行。可贵处仍在于自然。陆时雍曰："隐隐衷，澹澹语，读之寂历自恢。"此则得之。寂历，寂静，冷清。恢，广大，扩大。或当如曹旭分析："其心理活动刻画细腻、精美的程度，在《十九首》中也是少见的。"只是细腻，不是千回百折。 姜任修曰："阮公（《咏怀》其一）'薄帷鉴明月'同调。彼为河清不可俟，此为遇主终无期。"马茂元曰："（阮籍）诗中所反映的诗人政治上的苦闷，包孕深闳，超过本篇。但它是浑括的描写，这诗是精细的刻划，表现手法是不尽相同的。"又曰："它(李清照《声声慢》'寻寻觅觅')和这首诗的具体内容不同,但就细致刻划内心活动这一点来说,则颇相近似。"按:阮籍《咏怀》其一深刻过之,优美则不如本篇。李清照《声声慢》浓情过之,惟略显刻露,不若本篇之自然。

〔译文〕

今夜的月光多么皎洁,映照着我绮罗的床帏。
我心怀忧愁不能入睡,披衣起身在室内徘徊。
客居在洛阳虽然欢乐,总不如束装早日辞归。
走到门外我形单影只,愁思纷繁可诉说给谁?
茫然远望仍回到房中,眼泪流下沾湿了布衣。